6/14   Nov Mex $80

letras mexicanas

114

TANTADEL

Tantadel

por RENÉ AVILÉS FABILA

letras mexicanas

FONDO DE CULTURA ECONÓMICA

Primera edición,   1975
    Tercera reimpresión, 1996

ISBN 968-16-3121-8

Impreso en México

En primer lugar, el amor es una experiencia común a dos personas. Pero el hecho de ser una experiencia común no quiere decir que sea una experiencia similar para las dos partes afectadas. Hay el amante y hay el amado, y cada uno de ellos proviene de regiones distintas. Con mucha frecuencia, el amado no es más que un estímulo para el amor acumulado durante años en el corazón del amante. No hay amante que no se dé cuenta de esto, con mayor o menor claridad; en el fondo, sabe que su amor es un amor solitario. Conoce entonces una soledad nueva y extraña, y este conocimiento le hace sufrir. No le queda más que una salida: alojar su amor en el corazón del mejor modo posible; tiene que crearse un nuevo mundo interior, un mundo intenso, extraño y suficiente. Permítasenos añadir que este amante no ha de ser necesariamente un joven que ahorra para un anillo de boda; puede ser un hombre, una mujer, un niño, cualquier criatura humana sobre la tierra.

Carson McCullers:
La balada del café triste

I

Cómo iniciar la narración. Me prometí objetividad, más que eso: me exigí veracidad, contar las cosas tal como sucedieron, ser honesto, sobre todo hablar de los sentimientos y pasiones que movieron cada acto de mi relación con Tantadel, los pensamientos que nunca se convirtieron en palabras o en hechos, que permanecieron agazapados entre actitudes falsas o detenidos antes de llegar a la superficie por causa de la cobardía de seres lamentablemente conformados. ¿Podré hacerlo? Hay cosas que parecen irreales, producto de la imaginación, de una imaginación fatigada de trabajar en busca de un mundo habitable. Lo que me detiene quizá sea el hilo de los sucesos, los recuerdos no fluyen en línea recta ni con la exactitud necesaria. Tampoco puedo precisar cuándo nació la idea o la inquietud de escribir esta historia: de dónde el deseo de ponerla en cuartillas, revisarla y, secretamente, aspirar a los lectores, uno, dos, cinco, diez, sólo Tantadel, los que sean: nadie escribe para sí mismo. En fin.

Conocí a Tantadel en la escuela: efectivamente: ahora la veo: está en el jardín, junto a la biblioteca, borrosa, distingo su sonrisa; a su alrededor no hay nadie: es extraño, debería haber clases y maestros y alumnos: yo mismo no aparezco por ningún sitio; ella habla y gesticula; no escucho sus palabras, ignoro qué dice, a quién se dirige, cuáles son los tipos que la oyen y la miran. Su sonrisa es brillante aunque no basta para disipar las brumas, esa neblina molesta que la rodea o protege y le concede un aspecto fantasmal. Después, la figura se desvanece y no vuelvo a verla, no vuelvo a saber de Tantadel. Ya no ocupa otro espacio en mi vida ni en los recuerdos que conforman mi pasado, mi memoria. Luego, cinco años más tarde y hace unos meses solamente, por azar, por azar y por Ignacio (quien me fue presentado en una reunión de ex alumnos de Ciencias Políticas), la reencuentro; él pronuncia de nuevo el nombre mágico: Tantadel.

(Tantadel, ¿mujer o título de unas hojas?, ¿ambas cosas? ¿La habré imaginado o en efecto existió y juntos dimos origen a una pesadilla dantesca llevando el infierno a cuestas? ¿O escribí sobre un ser ficticio que ahora ha cobrado vida, como la estatua de Pigmalión? Si fuera esto último, ¿deberemos unirnos para convertir en realidad la fantasía y cumplir cabalmente con lo escrito: ocupar un tiempo lleno de absurdos, caótico, y luego reproducirlo en cuartillas? ¿Qué fue primero: Tantadel o estas páginas? ¿Cómo podría saberlo? De no aclarar la interrogante tal vez concluya dudando de mi propia existencia.)

Ignacio, casi al llegar a mi casa: ¿Recuerdas a Tantadel?

Francamente no, pero el nombre me es familiar, no es común.

Ella se acuerda de ti.

Hice un esfuerzo, nada.

Participaba en actos políticos y culturales y andaba con los puros snobs de humanidades.

Tampoco.

Bueno, prosiguió Ignacio, la veremos mañana: hay una fiesta y Tantadel irá.

Lo que presupone que nosotros también iremos, ¿no?

Sí, habrá trago y muy buenas niñas de la Universidad.

Eso me convenció. El exhibicionismo de nuestros recién enriquecidos había llegado al colmo de sacar a sus hijas de las escuelas confesionales para meterlas en la Facultad de Filosofía y Letras o en Ciencias Políticas. Es más elegante, dije casi indignado, y al concluir sus pésimos estudios pueden emplearlas en altos cargos gubernamentales.

11

O bien pueden pescar marido y no concluir, añadió Ignacio.

De cualquier forma, estimable amigo, no olvides que si algo debemos envidiarle a la burguesía no son sus talentos sino sus mujeres.

Iremos.

La casa de la fiesta no aparecía. Ignacio y yo recorrimos las calles marcadas Paseo del Pedregal, pero el número requerido para beber y bailar continuaba oculto en alguna parte.

Bueno, espeté fastidiado, no habrá fiesta ni muchachitas ramplonas ni Tantadel.

Debieron darme mal la dirección, explicó Ignacio aún más desolado.

Sin embargo, por ahí, cerca de nosotros, había gente peinando la zona con evidentes caras de buscar donde divertirse: veían puertas, número, interrogaban transeúntes.

Sigue, hablé esperanzado. Tiene que estar por algún lado.

El coche de Ignacio iba con lentitud. Al frente otro auto apagó y prendió sus luces varias ocasiones. Es Tantadel, aclaró mi compañero. Nos acercamos. Ella estaba con un amigo. La reconocí en seguida. En efecto, la conozco, exclamé para convencer a Ignacio y convencerme a mí de la realidad de Tantadel. Miré su cabellera rubia, su rostro bellísimo —mientras descendíamos de los coches e íbamos al encuentro—, su vestido largo hasta el suelo; nos saludó festiva, eufórica, exagerada; después descubriría que esos ritos formaban parte de su personalidad, muy sociable, como en una persona que ha estado sola por mucho tiempo y al encontrarse con un semejante (Robinson Crusoe y un "pobre salvaje" como Viernes) enloquece de contento. Tampoco encontraban la dirección, así que todos juntos mandamos la fiesta al diablo y decidimos buscar una emborrachaduría de mala muerte para pasar *emociones fuertes,* dijimos riéndonos. Ese es el principio, Tantadel. De esta manera comenzó nuestra historia, la que deseo contar para que sepas cómo vi la relación, cómo la veo, para que te enteres de lo que guardé por temor a herir tu susceptibilidad o porque a veces no puedo decir las cosas; quiero que ahora comprendas cuánto te odié en unos momentos y cuánto te quise en otros. Sorprendente, ignoro los sentimientos que hoy padezco por ella, son confusos o más bien una mezcla de varios: amor, desprecio. Cuando rompió conmigo sentí ahogo, una angustia sofocante que se adueñaba de mi estómago, de mis pulmones, de mi garganta, que impedía el trabajo rutinario; no razonaba, y por muchos días no supe qué hacer; sólo pensaba en Tantadel caminando por los lugares que en el pasado frecuentamos; vagaba por *nuestros* sitios. No deseaba encontrarme con ella; me hubiera conformado con verla a distancia, aunque estuviera acompañada de un amigo: placer doloroso, masoquismo puro; muchas veces me vi a punto de llamarla telefónicamente, de oprimir el tiembre de su departamento, de espiarla; nunca lo hice. Hoy tengo el control de mis emociones (al menos eso supongo) y no me interesa su amistad; la tuve íntegra; tenerla nada más para escuchar su voz o para que ella oiga la mía carece de atractivo. Quizá por ello nunca he mantenido amistad con ex amantes. Luego de una entrega completa, donde ambos ponen todo de su parte para intentar la pareja perfecta (aunque sea efímera), no tiene sentido ceder a la amistad, porque amistad es relación vulgar y desprovista de interés. Me parece que la forma más extraordinaria de amistad se halla en el amor.

Nos metimos en un cabaret de cuarta categoría: prostitutas, obreros, rufianes, policías secretos y nosotros. Se trataba de emborracharnos. O al menos eso entendimos Ignacio y yo pues bebimos desmesuradamente. Yo me senté junto a Tantadel y luego de probar que podía ser simpático la saqué a bailar. La estreché con ternura y emoción recordando lo asediada que era en la escuela y lo selectiva que fue: siempre a su lado los muchachos más destacados: los que apuntaban al éxito en política o en alguna actividad cultural o los que por su simpatía y talento eran admirados. La música cesó. Un burdo cambio de luces, transformaciones obvias en el decorado, y vino la variedad: maricones bailando: blanco de las burlas de los machos que frecuentaban el sitio; jovencitas que intentaban cantar mientras hacían un penosísimo estriptís; chistes vulgares contados por payasos; de todo, hasta un viejo y reaccionario cantante cubano venido a menos, ya sin voz, que repetía fatigosamente las canciones que lo hicieron célebre años atrás. La variedad era entretenida —sicológicamente, sociológicamente— en su lamentable transcurrir, en especial para quienes la veíamos por vez primera y provistos de cierto buen gusto. No dejaba de ser interesante, aún dentro de la borrachera que poco a poco iba capturando mi cuerpo, mis sentidos, dominándolos, observar que la mayor excitación se produjo cuando apareció una muchachita con rostro de más muchachita vestida a la usanza de una novia: de blanco, velo y un ramo de flores artificiales: con entereza —y dotada de alguna majestuosidad primitiva—, como si estuviera caminando hacia el altar, dio varias vueltas a la pista; en el centro pusieron una silla y ahí comenzó a desvestirse, lentamente, en tanto la multitud aullaba, gritaba groserías y exigía ver los vellos del pubis.

Al finalizar el "espectacular chou" yo tenía entre las mías la mano de Tantadel, sin que me importaran sus comentarios pedantes sobre lo sucedido en el escenario. La música de fondo pasó a ser danzón y los borrachos sacaron a las putas a bailar y yo a Tantadel. Y bailamos igual que borrachos y putas, apretándonos fuertemente, tratando de que los sexos quedaran lo más juntos posibles.

Mientras intentábamos liquidar la segunda botella, nos indicaron que había llegado la hora de cerrar. Qué tragedia. A buscar otro sitio. Nos encaminamos a los coches. Esta vez me metí en el de Tantadel. Su compañero original (que por fortuna no hablaba más que para afirmar o negar) utilizó el Volkswagen de Ignacio. Fuimos hasta un cabaret de primera, de esos con horario amplio. Ahí bebimos una o dos copas. Súbitamente decidí acariciar las piernas de Tantadel. Guardó silencio, no hizo el menor movimiento de rechazo y fingió escuchar una anécdota de Ignacio. Esa discreción me dio ánimos para continuar. El seudorrestaurante era siniestro y sin la honestidad del primero, con pretensiones de elegancia; un guitarrista tocaba flamenco y en distintas mesas borrachines hispanizantes berreaban siguiendo la música. Al fin llegó la hora de partir. Ignacio se despidió y junto con el amigo de Tantadel salió dando traspiés. Ella y yo nos retrasamos. Capturé su cuerpo con mi brazo derecho y la conduje a su auto. Me preguntó:

¿Quieres que te lleve a tu casa?

No. Quiero que me lleves a la tuya, contesté con seguridad: había bailado con ella, toqué sus piernas, le dije que desde la escuela me gustaba muchísimo; además, a esas alturas no era un secreto el que vivía sola. Sin titubeos me condujo hasta su departamento. Entré siguiéndola y como pude me introduje en la cama. Tantadel todavía tuvo ánimos para desmaquillarse. Una lámpara de buró, con un foco de reducidos watts, me permitía ver la habitación donde dormía Tantadel: desordenada, llena de objetos extraños, sin conexión unos con otros (floreros de vidrio soplado, reproducciones de museos europeos, figuras de bronce, de paja, de barro, ceniceros y estatuillas ultramodernos, juguetes indígenas..., un bazar de antigüedades en el que por descuido depositaron piezas actuales), sin ningún sentido del decorado, con libros en todos los rincones y la pared frente a la cama colmada de muñecas que me observaban con ojos fijos, inmóviles; traté de corresponder las miradas pero los rostros de las muñecas estaban borrosos, no podía distinguir sus facciones, sus colores. Se me ocurrió que aquellas mujercitas que ahora servían de adorno eran el pasado de Tantadel: evidentemente unas eran muy viejas, otras no tanto y por último las había de reciente creación; la ropa, el cuerpo, las caras, los detalles arrojaban luz sobre la época en que fueron fabricadas. Seguro pertenecieron a la Tantadel niña, a la Tantadel adolescente, a la Tantadel adulta. Cuántas serían. Ni siquiera me esforcé en contarlas. Ahora mismo recuerdo que jamás supe el número exacto de muñecas, tampoco averigüé su procedencia. Tal vez fueran treinta o treintaicinco. No lo sé. En cambio, se agrada rememorar las más llamativas, las que estaban en los extremos: las horribles y maltratadas; las corrientes; las bonitas; las finas y lujosas, de vestidos ricos, regalos de amigos o amantes, resultado de un amorío. Había una negra de trapo, el clásico juguete de las niñas pobres, de esas que venden en cualquier mercado por doce pesos: pañoleta roja en la cabeza, blusa blanca, falda de cuadros, delantal: una sonrisa amplia, estúpida, y graciosas formas de chocolate; finalmente la versión deleznable que da la gente blanca (o casi) de la raza negra. Dejé de mirarlas cuando Tantadel puso a mi alcance su cuerpo desnudo: la besé en la boca, en los senos; mis manos por impulso propio recorrieron sus piernas, sus caderas, su cintura... Infructuosamente traté de hacer el amor: quedé dormido sin importarme sus reacciones ante mis caricias. Al día siguiente me lo reprocharía duramente calificándome de egoísta.

Cuando desperté vi el lugar donde estaba: nada me era familiar y solamente la pared de las muñecas me resultó conocida. Tenía un fuerte dolor de cabeza. Tantadel, pese a mis movimientos, continuó dormida. Fui a bañarme con agua muy caliente. En el botiquín había toda clase de artículos para hombre, desde máquinas de rasurar hasta lavandas y desodorantes masculinos. Bien por esta mujer, es precavida, vale por dos. El chistecito idiota no me hizo gracia. Al salir, Tantadel estaba esperándome. Sonreía como cuando iba a la escuela. Efectué algunos comentarios sobre la borrachera y lo divertida que estuvo; en realidad careció de gracia: fue vulgar y aparatosa, grosera como todas las borracheras antes y después que Baudelaire lo consignara. Luego intenté impresionarla, pero no como acostumbraba deslumbrar a otras muje-

19

res: Tantadel era distinta; intentaría nuevos recursos. Le dije, entonces, que estaba casado y enamorado de mi esposa. Tantadel no pareció sorprenderse y siguió preparando el desayuno mientras yo ponía tazas, platos y cubiertos en la mesa. Vagamente recordaba que una muchacha, poco antes, me preguntó, tal vez dudándome soltero, si yo también tenía el cuento estúpido del esposo incomprendido, que deseaba divorciarse, sólo que los niños, la integridad de la familia, los principios religiosos, la sociedad. Pensando en ello inicié un número menos gastado. Tantadel escuchaba, con sus grandes ojos claros puestos en mí, sus manos entre las mías, dejando enfriar el té, sin probar las galletas, las cualidades de mi inexistente mujer. Hablé y hablé inventando el encuentro, el noviazgo, el amasiato, el matrimonio. Pronuncié un nombre al azar y seleccioné estudios. Dije que por ahora vivía en los Estados Unidos, curso de post grado. En un momento dado supuse que estaba yendo muy lejos y corté la conversación sin darme cuenta de algo aterrador: había contraído matrimonio de la manera menos usual. Lavamos los trastes y pusimos un poco de orden en el departamento. Ambos teníamos compromisos para el mediodía, por lo tanto hicimos cita para el anochecer.

En mi casa medité lo sucedido (luego de oír los consejos de mi madre y los consabidos, sobadísimos, y nunca atendidos sermones paternales de boca de un señor prácticamente desconocido: esto no es un hotel... no te mandas solo... cuando trabajes/). No podía quitarme de encima la imagen de la ex compañera de escuela. La lectura no solucionaba mis inquietudes: cada renglón hablaba de Tantadel y cada grabado se convertía en su cara. Tomé el teléfono y marqué el número de Ignacio. Primero saludos y el qué onda agarramos ayer, manís. En seguida solicité información sobre Tantadel. Los datos eran pobres, no obstante pude crearme una opinión amplia de la mujer que ocupaba mi mente por completo: estuvo casada, sin hijos, vivió con un tal Jaime por varios meses, después de Ciencias Políticas estudió Historia sin concluir, se jactaba de liberal, despojada de prejuicios, trabajaba en alguna dependencia de Educación Pública y sus amigos la veneraban, Ignacio entre ellos.

A medida que avanzaba el tiempo y se aproximaba la hora de la cita me ponía más nervioso. A las seis —faltaban aún sesenta minutos— me dirigí a casa de Tantadel: estuve caminando por los alrededores, por las calles laterales, hasta que dieron las siete y cinco, momento en que toqué el timbre sin hallar respuesta. Seguí tocando, debe estar dormida, tiene que estar, pero no, no estaba. Me alejé entre avergonzado y furioso por el plantón, y me metí en casa de una amiga: trataba de olvidar a Tantadel. Me decía, venganza ingenua: al menos supo que era casado, que adoraba a mi esposa. Mi amiga y su madre jugaban canasta o alguna de esas cosas que se juegan con naipes. Tratamos de establecer (traté, más bien) una cierta conversación; platicar cualquier tema, aceptaría lo que fuera con tal de zafarme de Tantadel, pero ellas estaban volcadas en un duelo de cartas y yo sobre mi fallida cita. Como a las nueve hablé a mi casa preguntando si alguien me había llamado. Sí, Tantadel que se excusaba por el retardo, que me esperaba. Antes de colgar escuché una recomendación materna: no llegues muy noche, hijo, tu padre está molesto. Solicité un taxi, aquellas mujeres continuaron el juego y yo pude llegar con la dama de las muñecas. Hola. Y le inventé una visita a casa de un poeta amigo mío, Juan Rejano, ¿lo conoces? Vive a unas cuantas calles de aquí, sobre Mazatlán; luego pasé a ver si por casualidad estabas. Mentí por orgullo infantil. Lo importante es que al fin la tenía a mi alcance. Nos besamos. Nos besamos muchas veces y por primera vez en mi vida pedí hacer el amor. Ahora, sin alcohol, podía contemplar a Tantadel desnuda: extraordinaria; lo mejor sin duda eran sus piernas o quizá resulte que yo tenga verdadera devoción por las piernas femeninas. Recordé un concepto de Céline, memorizado en plena adolescencia:

> ...sus piernas alargadas, rubias, magníficamente delineadas y tensas: piernas nobles. Dígase lo que se quiera, la verdadera aristocracia humana está en las piernas; ellas la confieren, sin lugar a duda,

válido también para mí. Hacía tiempo que no estaba tan contento. Tantadel era la persona llena de cualidades físicas e intelectuales que esperé. Ahora que escribo, noto que en el principio del amor sólo existen virtudes; cuando el proceso desamoroso comienza aparecen los defectos y uno resulta intolerante y no los acepta: la(el) compañera(o) es puesta(o) bajo el microscopio y las fallas, las imperfecciones aumentan cientos de veces hasta ser colosales, y aplastan con violencia provocando repudio, desilusión, desprecio, qué sé yo cuántas cosas se concentran en el rechazo. De ahí que en aquellos momentos de euforia, de intensísima felicidad, de sensación triunfal, encerrado en un departamento y a salvo de cualquier problema, Mahler en el radio, no me importara el hecho de que Tantadel tardara mucho en culminar el acto sexual.

II

No. La primera ocasión que estuve en casa de Tantadel no advertí las monedas tiradas por el suelo. En la segunda sí. Recogí algunas y las puse dentro de un cenicero. Había actuales de nuestro país: dos de veinte centavos, una de cinco, un peso de plata; extintas: diez centavos de niquel; extranjeras: veinte céntimos, cinco francos franceses, dos shillings, un centavo cubano, diez liras, una peseta...; raras: una de 1922 con una perforación en el centro, otra ostentando las siglas RF. Mi idea original: Tantadel es afecta a la numismática, a un cierto tipo de numismática que obliga a poner las monedas en el suelo, desconocido para mí.

Tantadel interrumpió mi labor.

Déjalas.

¿Por qué?

Son de buena suerte, como los gatos negros de mala.

Supercherías.

No, es verdad.

Fetichismo trasnochado.

Oh, que no.

Bueno, tal vez son talismanes: yo estoy aquí. Vanidoso. En realidad es cierto. Acabas de aparecer en mi vida y te necesito, explicó mientras sacudía sus muñecas y cambiaba libros de un lado a otro. (Estuvimos en la casa donde Tantadel vivió con su marido, marido es una palabra que no logro compaginar con la independencia y libertad de Tantadel; ahí estaban dos cajas con libros maltratados y polvosos que transportamos a su departamento; tales volúmenes ocasionaban el reajuste.)

Te equivocas: aparecí cuando estábamos en la escuela: desde entonces me gustas; la diferencia es que en aquel tiempo no me necesitabas: vivías rodeada de admiradores; tus amigos pertenecían a una generación genial. Yo era de proporciones modestas, como ahora/

Ay, necesitas música de fondo, tocaré el violín (e hizo la pantomina de manejar el instrumento).

Hablo en serio, Tantadel. Sólo que el brillo de esa generación concluyó: todos encontraron su vocación, coronaron sus estudios con una vulgar chamba en el gobierno. Disemino las monedas por el departamento; ya las quiero aunque no crea en ningún tipo de supersticiones.

Pues tendrás que creer en la astrología, en la influencia que los astros ejercen en nuestras vidas, dijo subiendo el tono de voz, fijándose en mis reacciones, atentamente, como si estuviéramos representando una pieza dramática.

Yo continué la tarea de Tantadel, poniendo libros de aquí allá; prolongaba su tarea interrumpida por las monedas.

Naturalmente, creo que las mareas son producidas por nuestro único satélite: la luna.

No te burles.

Estoy *seriesísimo*.

¿Qué signo eres?

Por favor, querida.

¿Qué signo eres?

Ni remedio: Escorpión.

Lo imaginaba. Es tremendo.

De acuerdo.

Es difícil definir a los escorpiones: son contradictorios: pasan de la bondad a la crueldad con rapidez y eso es desquiciante. Son dominadores y apasionados; agresivos, les encanta manipular a las personas; son propicios al éxito; tienen suerte en el amor; son inteligentes y *no* les interesan la magia y las ciencias ocultas, *mi vida*.

Ahora sí me interesan; creo en el Zodiaco. Soy un típico Escorpión, según me has explicado haciendo gala de un talento increíble para esas cuestiones.

Sigues siendo un vanidoso redomado y un Escorpión. Claro. Pero hay más (poniéndose seria en tono burlón): Picasso, Voltaire y Alain Delon son de tu mismo signo.

Ya lo veo y no me explico qué demonios hago en medio de talentos.

Pasas a la modestia: el papel no te queda. Déjame decirte que una de las afinidades positivas para Escorpión es Sagitario. Sagitario es de temperamento fogoso, se entrega al amor con todas sus implicaciones y decide afrontar los riesgos que aparezcan en su vida. Sagitario y Escorpión se comprenden perfectamente, sobre todo en el aspecto físico, sexual. Por último, yo soy Sagitario.

Magnífico. En lo sucesivo leeré mi horóscopo. Lo prometo, afirmé poniendo el puño sobre el corazón e inclinando la cabeza en señal de respeto.

Tantadel sonrió.

Ayúdame, payaso.

Y me entregó un trapo mugroso con el que intentaba despojar de polvo sus libros, sus muñecas.

A los treinta días de comenzada la relación pude comprobar que Tantadel me excitaba demasiado y que no me aburría hacer el amor con ella. Pero. El fracaso de la primera noche no fue mi culpa, la tuvo el alcohol. El calificativo con que me lo reprochó (egoísta) era excesivo, finalmente fue una bobería. No es que hiciera el amor para mi solo. Una preocupación fundamental ha sido procurarle placer a mi pareja. Estaba bebido, sé que el amor es para dos y ambos tienen que llegar al clímax. Un reproche sin sentido. A cambio, Tantadel, yo podría traer a estas páginas otros momentos, cuando hacíamos un violento acto sexual, preludiado por cientos de caricias y besos, y yo pensaba en muchas cosas para olvidar lo que estaba llevando a cabo: trataba así de impedir el orgasmo, no me concentraba, y aquello se prolongaba por más de media hora y entonces —fastidiado— decidía terminar luego de haber llegado al límite, sin más paciencia. Qué mal, exclamé irritado, arrojando la almohada que soportaba el peso de mi cabeza. Ella repuso con suavidad: es cuestión de acostumbrarnos. Y lo creí, en verdad. No obstante, me desesperaba hacer ejercicio gratuito esperando que Tantadel concluyera. Era odioso y en esos momentos detestaba el sexo y el amor, y me prometía dejarla y luego trazaba la orden del día para la siguiente jornada de trabajo y durante los *larguísimos* minutos que duraba *aquello* deseaba echarla de la cama, quitármela de encima. Yo abría los ojos: el cabello rubio de Tantadel le cubría la cara y a juzgar por su respiración acompasada, su rítmico e ininterrumpido movimiento sobre mi cuerpo parecía no fatigarla. Pero todo era salir del trance asfixiante, hablar con ella, mirar su cuerpo, volver a recomenzar y olvidaba por segundos su aborrecible lentitud hasta que el tiempo y el cansancio me la recordaban. Por su parte, Tantadel insistía en que nunca tuvo una relación tan completa, especialmente en el aspecto intelectual; decía que teníamos gran comunicación. Y lo repetía sin cesar cuando sus amigos le preguntaban qué veía en mí, de dónde esa necesidad de estar conmigo. E ignoraban los esfuerzos desplegados para mantenerla a mi lado, desconocían las tretas que utilizaba para que no se alejara más de lo indispensable. Imbéciles. Como si ellos la merecieran por derecho divino. Tantadel me pertenecía por conquista. Que la disputaran si la deseaban para consejera espiritual de su círculo.

Ocasionalmente Tantadel asumía posiciones escorpiónicas, si he de creer en la astrología, y tomaba iniciativas brutales para hacer el amor o para acariciarme. Yo la elogiaba: las mujeres, por su educación, por el sistema en que viven, porque no han sido capaces de superar tremendas barreras puestas por la historia o más bien porque no se lo han permitido, viven esperando que las besen, que las acaricien, que las tomen, que les hagan proposiciones, siempre aguardando decisiones masculinas, sin poder decidir cuándo, a qué hora, cuál sitio, cómo. En general, a Tantadel le fascinaba ser parte activa, quizá demasiado, en la cama, actuaba sin los ancestrales prejuicios femeninos. Pero en este punto también discutíamos. Yo la acusaba de dominante, de ir al extremo opuesto, de manifestarse autoritaria, y en el amor lo demuestras: se hace conforme quieres. Invariablemente me he plegado a tus deseos. Tantadel reaccionaba quejosa: ¿Sabes?: en el sexo no eres tan Escorpión. Das la impresión de ser fogoso, bien erótico, y luego una descubre que no es así, que es una pose más para configurar tu supuesta originalidad. Es como tu espíritu burlón, tu humor satírico, el veneno que usas para calificar a la gente, la manera en que desprecias al país y a su sistema, a los mexicanos; en el fondo son defensas.

Puede que tengas razón, sólo que jamás pretendí ser ni un semental ni un garañón, hago el amor como puedo y cuando lo deseo. Es todo. En lo último, estás equivocada. No desprecio al país, desprecio a sus grupos gobernantes, a las

31

personas que permanecen impávidas ante ellos; no soporto la podredumbre, la demagogia, la falsedad. Sabes bien que en materia política difiero bastante del capitalismo, lo hemos discutido y estamos de acuerdo. Las acusaciones son torpes. Parece que no me conoces. Es necesario ver a una persona en todos los casos, en todas las situaciones, cuando está alegre, cuando llora, cuando pasa por cada uno de los cientos de estados anímicos existentes. De otra manera nos limitaremos a una visión fragmentaria. Y tú, en treinta días, no has averiguado ni averiguarás qué causas mueven cada acto mío, cada reacción. Hasta hoy únicamente has visto ciertos aspectos de un todo, disculpa la pedantería, pero cada ser es una complicada cosmogonía por simple que parezca. Creo que nunca llegamos a conocer bien a la gente. Es difícil. O imposible. Pongamos un ejemplo tonto. Yo no fumo mariguana; si un día alguien ve que acepto un poco y varios meses después, por mera y mala coincidencia, observa que repito el hecho, sin duda creerá, ya nadie lo sacará de ello, que soy un vicioso.

Después guardé silencio meditando las palabras de Tantadel: no tenían sentido; habló con falta de tacto y con la seguridad y aplomo que le daban sus torrentes de cultura siquiátrica, obtenida en pláticas con amistades que ella cultivaba esmeradamente y que se ganaban la vida (y muy bien) escuchando problemas de señoras burguesas y confundiendo más a cuanto ingenuo paciente tocaba sus puertas. Me sentí agredido. No era cuestión de virilidad o machismo, si yo quería dar una imagen o si era natural. Tantadel demostraba su desconocimiento acerca del hombre que decía querer, y eso me irritaba, me hería. Tantadel deseaba verme por dentro, descubrir el por qué de mis actitudes (a veces irrazonables, de neurótico). Pero el amor no es sujeto de sicoanálisis, es problema de amor aunque suene a perogrullada. Intentaba desesperadamente hallarle soluciones a todo, lo que resultaba grotesco, y esas necedades causaban desamor: por momentos la detestaba y durante horas buscaba la forma de hacerle pagar caro sus tonterías. ¿Sería posible que Tantadel echara por la borda la relación? Decía amarme, decía que nunca nadie le dio tanto, que no le importaba mi matrimonio (anoche estuve pensando en tu esposa, en el momento en que regrese, y llegué a la conclusión de que no te divorciarás, me dijo un día después de comer, mientras paseábamos por Chapultepec, mirando el castillo, los árboles, pero, ¿sabes?, decidí seguir amándote, decidí no separarme de tí hasta que ya no me quieras). Entonces por qué causas ponía barreras infranqueables. Empecé a dudar de la firmeza de su amor. Era obvio, contrario a lo señalado por la lógica zodiacal, no arrostraría ninguna dificultad y yo, en mí mismo, era una grave dificultad para ella: mis brutales cambios de carácter, mi afán por mantenerla sujeta, por absorberla, mis fobias hacia su ex marido, mi egoísmo en una palabra. A las interrogantes más complejas, Tantadel buscaba respuestas de molde, de papel carbón. Lástima. Y llegó el día. Luego de ásperas discusiones le pregunté

qué deseas, qué buscas.

Guardó silencio tratando de ser clara en sus ideas o de envalentonarse para hablar. Aproveché la pausa.

Seamos francos, yo quiero vivir tranquilamente, rodeado de hijos, poseer las escrituras de una casita, dos automóviles, aspiraciones de cualquier imbécil pequeñoburgués, repugnantes pero concretas e inobjetables, hasta legítimas, ¿no crees? No pretendo hacer la revolución ni participar en las transformaciones para salvar este país que es insalvable. Que se hunda en su corrupción y yo con él.

Tantadel me miró con esa mezcla de dulzura y enojo que le era característica cuando se molestaba y dijo arrastrando las palabras yo espero lo mismo.

Me erguí. Rabioso. El sitio me pareció despreciable: un salón de cafecitos con crema y pastelitos, repleto de vejestorios. Qué hacíamos allí. Al menos qué estaba yo haciendo en tal lugar. Le había mentido y ella mordió el anzuelo para mostrar su verdadero rostro: esposa, madre, incluso ama de casa. Así no la concebía, más aún, así la rechazaría. La amaba justamente porque era lo contrario de las mujeres que llevan en la frente las palabras cocina, hogar, abnegación; las frases lavar pañales, cuidar niños, el precio del jitomate aumentó, dame mi gasto, guisar lo que tanto te entusiasma, vidita, porque nada tenía que ver con esos valores nauseabundos. Y ahora la detestaba porque ella, que decía conocer mi juego, que soltaba expresiones comunes para etiquetarme, que tenía la audacia de llamarle pose a cualquier gesto mío, volvía a caer en la trampa.

Pagué la cuenta y fui a dejarla a su casa. No hablamos durante el trayecto. La tarde era agradable; pese a mi indignación pude notarlo.

III

LA VENTANA de la habitación de Tantadel se enfrentaba a un edificio. Por los huecos de ese edificio, tan viejo y descuidado como el que tenía en su interior una pared con muñecas y tablas desvencijadas sosteniendo libros y revistas, aparecían algunas cabezas masculinas: idiotas que anhelaban ver a Tantadel pasearse desnuda por su departamento. Al principio no me importó que lo hiciera: tal vez desde chica gustaba de andar sin ropa por comodidad, porque el peso del vestido, del suéter, de las medias le resultaba asfixiante, y, por otra parte, cómo asumir actitudes paternalistas con una mujer independiente. Luego me resultó intolerable. Sin embargo, no queriendo pasar por poco mundano, le conté una anécdota con la esperanza de que llegara a sentirse aludida. Un conocido escritor, su esposa y un amigo todas las tardes se apostaban a espiar a la vecina, cuya costumbre era desvestirse ante al ventana: aquello era un rito: primero la blusa, en seguida la falda o los pantalones, según trajera, luego el brasier, aquí se detenía unos segundos, alrededor de treinta, contaba el literato, y atacaba las pantimedias; finalmente la pantaleta descendía por sus piernas con suaves movimientos de gata en celo. Permanecía un poco más ante la ventana y corría las cortinas. A estas alturas tanto el novelista como su esposa estaban excitadísimos y pasaban a la recámara. El amigo, aventuré, simple y aparatosamente se masturbaba. Supongo, le dije a Tantadel, que cuando la muchacha no llegaba a su casa, los sanos espectadores leerían revistas pornográficas para estimularse.

Y Tantadel reía con la historia.

Qué amigos tienes.

No son mis amigos, sólo conozco el chisme.

Y Tantadel lanzaba conjeturas acerca de la nudista y de los admiradores que secretamente seguían sus movimientos: la mujer, ¿sabría que era observada?, ¿sería posible que si la muchacha hiciera lo mismo durante dos meses, por ejemplo, los intelectuales pudieran fornicar diario?

No le afectaba; en este sentido, qué lejos estabas de imaginaciones corruptas como la mía. Para ella era natural pasearse desnuda o semivestida por su casa y lo curioso es que ninguna ventana tenía cortinas o persianas. Nada. Así que en el edificio de enfrente había dos o tres admiradores. Jamás le dije algo al respecto, pero me irritaba su inocencia. Sí, al principio no me importó, ya lo confesé; después, cuando la sabía enamorada de mí, la idea de compartir visualmente su cuerpo era inadmisible. Pese a todo, Tantadel, debo confesarte que me fascinaba verte desnuda o apenas cubierta por tu pequeña bata azul. Tu pelo rubio, tu piel dorada por el sol y tus magníficos senos que nunca necesitaron sostén, hacían que mis ojos siguieran tus movimientos. Te deseaba con fuerza, te acariciaba infatigable. Sexualmente, y en la medida en que pude acostumbrarme a tu lentitud, nunca hallé mejor compañera. Todo lo que sabías sobre el amor me fascinaba, aunque después, cuando pasaba la euforia, los instantes de éxtasis, evasión momentánea de un medio que nos ha enfermado, aparecían los celos: ¿quién te enseñó tal o cual cosa?, ¿con quién experimentaste cierta posición?, ¿cuántos maestros tuviste? Guardaba silencio, no podía hablar, pensaba en la forma de vengarme por tu pasado, por todos los hombres que se acostaron contigo. Cómo llegué a odiar a los que te tuvieron antes que yo: los imaginaba con cualquier rostro, con cierto tono de voz, y ya visualizados descargaba mi furia pensando mil imbecilidades acerca de ellos. Para justificarme recordaba a personajes de Radiguet y de Sábato, atormentados perennemente por rivales fantasmagóricos, asaltados por dudas sin fundamento (un día, una tarde, cuando te preparabas para ir a hablar con Jaime, Tantadel, hice el amor contigo sin deseos, suponiendo que eso eliminaría posibles excitaciones frente al hombre con quien viviste meses). En ocasiones era razonable y mediante esfuerzos me repetía que no podíamos borrar tu pasado, que mis celos no podían ser retroactivos, y hasta tuve la ocurrencia de creer que las cosas serían distintas si yo hubiese sido el primero y único. Exigía mucho y olvidaba que yo también cargaba un bagaje semejante. Por eso te contaba mis aventuras reales o ficticias, por eso me regodeaba narrándote cómo me acosté con Margarita o con Elena, cómo fue mi romance con Aída, para sentirme satisfecho, para darme por vengado; no por simple afán donjuanesco. No pudiste entender las implicaciones que encerraban mis relatos amorosos, mis fantasías, creíste que trataba de impresionarte como cualquier miserable, de mostrarme un conquistador, y hacías suposiciones torpes utilizando tus ridículos conocimientos sicológicos; ¿lo ves ahora?, estabas totalmente equivocada: te quedaste en la superficie sin llegar al fondo.

Reconozco que estaba haciendo de mi vida un infierno al cual arrastraba a Tantadel, no obstante, en más de un terreno, fuiste la relación más bella que he tenido: tú me enseñaste a hacer el amor a la luz del día, a no ver el cuerpo con vergüenza; antes lo hacía oculto en la oscuridad, sin dejarme ver y viendo furtivamente a mi compañera. Y es que eres distinta, Tantadel, actúas sin morbosidad, guiada por una tabla axiológica de moral superior. Después de ti, difícilmente hallaré otra mujer que se te parezca.

¿De qué manera tomaste mis historias de amor? Comparándome con una prostituta, con un hombre que se acuesta con muchas mujeres, como en el caso inverso lo hace una ramera. No tenía caso discutir (peor hubiera sido el razonamiento respecto al machismo o a la vanidad). En respuesta bromeé:

Creo que tienes razón: si hubiera sido del sexo femenino a cada rato me entregaría y sin cobrar, naturally.

Me hiciste sentir mal: un halo de frivolidad matizaba la plática; ibas por rumbo equivocado. Buscaría el desquite.

Un día descubrí que en los restaurantes o en los bares o en los cines fatalmente hallábamos un ex novio o un ex amante de Tantadel. En una ocasión quise aclarar las cosas. Comimos en una fonda de cocina mexicana. Ambos cruzamos por un momento de alegría, de buen humor, incluso hacíamos planes: ¿supongo que no los habrás olvidado?: intentaríamos compilar una magna antología de literatura fantástica nacional, desde épocas remotas anteriores a la Conquista hasta nuestros años. Algo ambicioso y quizás irrealizable, pero la magnitud del proyecto nos unía en desbordante entusiasmo.

Tardaremos varios años en elaborarla, decías sonriendo.

Mejor, así estaremos juntos todo ese tiempo, añadía yo imitando tu sonrisa. Es algo que nunca planeé con ninguna persona.

¿Incluida tu mujer?

Mi mujer incluida.

Eso me gusta.

Además llenaremos un hueco de nuestra literatura para darle sentido a nuestro chovinismo. No podemos ser menos que los argentinos; mostremos al mundo que México también cultiva la fantasía, finalicé.

Llevabas pantalones vaqueros, suéter rojo y una pañoleta del mismo color sujetándote el pelo. Parecías un niño latoso jugueteando con mis manos, besuqueándome una y otra vez.

¿Qué horas serían? Alrededor de las cuatro.

Decidimos tomar una copa en otro sitio (extraño: Tantadel ni bebía ni era partidaria de que sus amigos lo hicieran). El punto seleccionado fue el Nicola. Pedimos cervezas. Minutos más tarde llegó un grupo de tipos semiborrachos que resultaron ser conocidos míos, excepto uno, uno que había sido novio de Tantadel. Más que platicando estuvimos discutiendo. Mi alborozo anterior desapareció y me porté más agresivo de lo usual. Al salir del Nicola rechacé la mano que Tantadel me ofreció. Sin decir palabra fuimos por el coche y una vez dentro, irónico, fumando desesperadamente, le dije:

Estuviste muy amable con tu antiguo *novio*.

Por favor, no empecemos. Se trata de algo infantil.

Sin embargo no me abrazaste, como acostumbras.

Pensé que no querías que te vieran, que posiblemente fueran amigos de tu esposa.

Inviertes los papeles. Podré estar loco, no pendejo.

Siguió la discusión áspera, exaltadísima a causa del alcohol y de los nervios. Insistí sin tregua:

Me acusas de que con facilidad me acuesto con las mujeres, sólo que éstas no aparecen por ningún lado, mientras que a cada paso choco con tus ex amantes. ¿No estamos en igualdad de

42

condiciones? Tan corrupta eres tu como yo/

¡Sí, soy una puta!, y me arrojó su bolsa.

La pelea continuó inevitable. Yo le decía algo ofensivo y ella contestaba con palabras dolorosas que me impulsaban a contraatacar. Fue cuando Tantadel preguntó ¿por qué engañas a tu esposa? Pude haberle dicho que no existía, preferí no contestar directamente. Yo le había hablado de la perfección de mis relaciones matrimoniales y ahora Tantadel agredía a quien inventé magnífica, intocable. Una y mil veces le expliqué que buscaba otras mujeres porque no era hombre de una sola; mi esposa reúne todos los requisitos indispensables para amarla por siempre: inteligente, bella, dulce en el trato, comprensiva, sensible, culta. Pero yo necesitaba las emociones de la nueva relación, las inquietudes, las incertidumbres y por último la lucha para vencer. Qué deslumbrante es aquella que apenas conocemos. Por desgracia el final invariablemente es idéntico: el ser derrotado fastidia; lo descubre uno tan común y vulgar como los anteriores, pese a que en un momento dado hubiese podido solicitarles matrimonio, hubiera hecho cualquier cosa por tenerlas. Concibo la vida como una eterna lucha entre el hombre y la mujer y en ella pongo a prueba mi talento, mis habilidades, hasta mis conocimientos. No es que tenga suerte con el sexo femenino, es que me he preparado para serle grato. ¿Por qué no lo comprendiste, Tantadel? Con su seguridad doctoral decía conozco tu juego, y no voy a seguirlo, pero qué lejos estabas de comprenderlo en realidad y sólo llegaste a saber lo que yo quería que supieras. Estuviste en mis manos y cuando, borracho, lloraba y te pedía amor y te hablaba de problemas inexistentes para darle a mi mediocre personalidad matices de interés, entonces *sí estaba jugando*. Nadie habla con la verdad, yo menos, aunque en ocasiones me permití soltar pequeñas dosis de honestidad, meras claves para resolver el enigma que mi presencia te proponía. En una relación amorosa vivimos mintiendo, diciendo falsedades, exagerando los hechos. De lo contrario, sería el fastidio, la monotonía. En el engaño reside buena parte del atractivo; hay en él una sensación de peligro, de ser descubierto en la nueva mentira, que lo motiva a uno a insistir/ Estuve a punto de decir brutalmente que no sólo engañaba a mi esposa sino también a ella, a Tantadel. No. No, no tenía caso herirla y dañarme yo mismo. Esa tarde —que comenzara con tan maravillosos auspicios— habíamos ido demasiado lejos, volábamos al punto de saturación. Por lo pronto la amaba y la necesitaba.

IV

¿Sabes algo?, preguntó Tantadel y yo contesté no. La cosa es seria, y puso cierto énfasis en la frase. He pensado mucho en lo que dijiste ayer.

La plática se efectuaba en la cama. Eran alrededor de las nueve de la mañana. De la calle llegaban voces y ruidos de automóviles. A través de la ventana entraban los rayos solares llenando de luz el cuarto. Ninguno saldría. Las horas transcurrían con suavidad, plácidamente. Desayunamos té y galletas con mermelada y decidimos volver a acostarnos. El radio funcionaba: Procol Harum. El tono de Tantadel me puso alerta y rápido borré la imagen del grupo inglés.

Creo que tienes razón, prosiguió y calló.

Durante algunos segundos pretendió hacerme creer que escuchaba la música.

¿De qué tengo razón?

Soy más inestable que tú. Casi no dormí pensando en tus palabras.

(Me acusas de inestable, Tantadel; es posible que sea exacto. Nunca he pretendido lo contrario, tampoco asumo posiciones de hombre maduro y experimentado: siempre me dejo conducir por actitudes lejanas a la seriedad. A veces resulto infantil, parece que no he abandonado la adolescencia. ¿Los años de matrimonio me han impulsado hacia formas de conducta severas, "juiciosas", como las llamaría cualquier cretino? No. Actúo y vivo como deseo, en el borde de la libertad. Y en este aspecto soy honesto aunque a poca gente inspire respeto: mis ropas, bromas... Sólo que tú de hecho has estado casada tres veces y con los tres rompiste. Primero fue tu esposo, ¿cuánto duraste con él?, luego vino Roberto, dos años, por último Jaime, doce meses de amasiato. Con ninguno —y los tres son bien diferentes, según me cuentas— mantuviste lazos duraderos.

Esperé una reacción, cualquiera, de parte de Tantadel. No llegó. Y yo —proseguí implacable—, yo me he casado una vez y jamás viví con otra mujer que no fuera mi esposa. ¿No resulta desaforada tu acusación, desproporcionada?)

Como de costumbre, habíamos discutido: no puedo estar a solas contigo, Tantadel, sin que venga un amigo a visitarte. Ni siquiera podemos hacer el amor porque el teléfono suena y tienes que contestarlo. Tus amistades protestan porque ya no pueden narrarte sus tragedias cotidianas. Tantadel era la confidente del grupo que mi presencia mantenía a distancia: era la parte fuerte, decían, y llegué a creerlo: inteligente, experimentada; a diario llegaba alguien a contarle sus amarguras en su transcurrir por este valle lacrimoso. Sugiero cobres la consulta, Tantadel. Podrás hacerte rica en plazo mínimo. No des consejos gratuitos. O si lo deseas ponemos una cafetería y un letrero sobre la puerta: SE ADIVINA EL PORVENIR Y SE DESCUBRE EL PASADO, LEEMOS LA MANO, LOS RESIDUOS DEL CAFÉ Y OTROS SOBRANTES, ECHAMOS LAS CARTAS Y DAMOS CONSEJOS Y FÓRMULAS AMOROSAS. Te llamarás Madame Soleil o Lady Mackenzie. Usarás vestidos largos y no darás un paso sin consultar tu bola mágica de cristal. Yo administraré la empresa. D'accord? Bon.

Tantadel se molestaba. Era un juego (ahora sí): yo trataba de molestarla porque odiaba sus idiotas y superficiales amistades, incapacitadas para tener pasiones violentas, vidas plomizas, vidas sin vida, muertas —————————Ah, es que tú llamas energía, vitalidad, a las actitudes extremas; quien pasa el tiempo sin sobresaltos ni complicaciones es un mediocre, ¿no es así? No, Tantadel, no me refiero a eso. Digo que sólo conociendo todas las pasiones, únicamente enfrentándose a todos los sentimientos, nada más pasando por todos los estados anímicos, el dolor, la tristeza, la alegría, el odio, el amor, cruzando a través de la infinita gama de emociones, el humano logra mayor plenitud, mayor desarrollo. Carajo, respondió ella agresivamente, sí que sabes plantear las cosas de manera simple o simplista. En el fondo veo justificaciones a tu carácter desigual e informe, desagradable. Tantadel, seguí con la argumentación, cómo es posible que una persona jure conocer el amor si antes no ha estado en presencia de su antinomia, cómo descubrir con certeza el valor si previamente no ha temblado de miedo/

Cada que había fiesta del grupo o tenía que visitarlo acompañando a Tantadel, era necesario joderse con las idioteces que soltaban sus integrantes. En ocasiones se extralimitaban. ¿Por qué soportar a tus amigos? Por ti, por ti. Sin embargo, no pareciste comprender el esfuerzo que realizaba viéndolos, escuchándolos, sintiendo su aversión en las miradas, en las palabras que nunca se dirigían a mí. Tantadel no podía estar sola un momento: se levantaba y desde que abandonaba su departamento era correr de un sitio a otro: amigos, comidas con fulanito y perenganita que fueron maltratadas por sus respectivos cónyuges, explicándole al rostro bañado en llanto de Manuelito que el mundo es redondo, que el capitalismo no es un humanismo. Diario. Sin fatigas y sin reposo por consecuencia. Incluso los domingos, cuando en razón del tiempo libre multiplicaba su obra benefactora. Si al menos hubiese sido cristiana descansaría el séptimo día. Era enloquecedor. Detestaba a quienes la rodeaban y le quitaban a Tantadel minutos que podría dedicarme. Mi manera de cultivar su cariño era poco ortodoxa, pero la suya resultó inexistente. Nuestro amor cojea, Tantadel, hay que alimentarlo, está anémico. Qué has hecho por él. Yo sabía que de seguir el mismo camino comenzaría a alejarme de ella, a perderle el afecto (también el interés y el deseo). Por eso trataba angustiosamente de presionarla para que estuviera a mi lado. Los hechos no ayudaban a la unión. Más de una vez, por ejemplo, el repiquetear telefónico interrumpió un acto sexual. ¡Déjalo que suene, por favor, Tantadel! No. Tenía que averiguar quién hablaba y saber por qué causas llamaba. Entiende: tenemos poco tiempo para descubrir si nos queremos o no, por qué desperdiciarlo con otras personas. No es que sea posesivo o manipulador, como me has calificado, es que preciso saber si en verdad te amo, y para ello debo estar contigo. Si insistes en aceptar a tus amigos que vienen a entrometerse, prefiero quedarme en mi casa; cuando dispongas de un rato libre me avisas. El amor es como la diplomacia: se actúa por reciprocidad: das y te dan, mandas un embajador y te mandan otro, recibes un encargado de negocios y envías a su semejante, te quiero y me quieres, no, yo tampoco. El amor donde sólo funciona uno se llama masoquismo. Si pretendemos que la relación dure, mejore y aun se imponga a mi matrimonio, debemos conocernos más profundamente, dejar que pasen los momentos de exaltación a causa del descubrimiento: si superamos la fase del apasionamiento, del mero deseo, estamos a salvo. El amor se demuestra al aceptar a una persona que conoces física, espiritualmente, con sus vicios y sus virtudes. Me aceptaste casado y yo a ti con reservas por la facilidad conque te fuiste a la cama conmigo, sin que fuera necesario insistir. Sabes que ambos buscamos algo y que ese algo puede ser nuestro amor. Tenemos prisa; mi esposa regresará pronto. Cuando te anticipé que estaría aquí en unos meses, me besaste, sonriendo dijiste Il n'y a pas beaucoup de temps. Y resulta que debo compartirte.

Y no únicamente inestable, también eres débil, Tantadel. Lo extraño, o ridículo, es que tus amigos te supongan fuerte, sólida. Quizás para ellos lo seas; no para el resto del mundo. Tengo la impresión de que serías destruida con facilidad.

Tantadel jugueteó con la tapa de una cajita de madera laqueada (uno de los regalos que le hice conociendo su gusto por las artesanías: cada que podía le obsequiaba cualquier simpleza ———————————— este buró, dije una de las primeras veces que hicimos el amor, sostendrá cosas que te dé ————————————). Se levantó de la cama y se puso la bata.

Caminó nerviosamente por el cuarto. Creo que buscaba cigarrillos. Vi sus movimientos agitados, noté que sus miradas no se detenían en ningún punto, que estaba descalza.

Sí, también soy débil. Mis problemas me han lesionado.

¿Por qué terminaste con tus *maridos?*

Mi matrimonio se acabó cuando dejaron de quererme.

La frase tan simple y la forma en que moduló sus palabras hicieron que la viera con ternura. Hubiese deseado tocar sus cabellos, acariciarle el cuello. Seguí en la cama.

Así de sencillo.

Así de sencillo. De pronto me di cuenta: Fernando no me quería, hablamos y decidimos separarnos; luego él se arrepintió y no quiso concederme el divorcio. Lo dejé, vine a este departamento y después de mucho insistir, rogarle, amenazarlo, firmó el acta. Ahora somos buenos amigos. Con Roberto, a quien más he querido de los tres, terminé porque me engañaba y con Jaime no me casé al descubrir que deseaba una señora elegante que no dijera malas palabras, no interrumpiera las pláticas de los hombres. . . A cambio tendría una desahogada situación económica. Injusto.

Ahora que medito, razoné, el amor degrada, corrompe; es cursi, rebaja la dignidad humana. No hay duda. Basta con mirar en torno nuestro: suicidios, películas pésimas, canciones canallescas, mujeres que lloran, hombres que se emborrachan. ¡Qué asco! El amor ideal pertenece a la literatura rosa. En fin. Creo que ni Fernando ni Roberto ni Jaime estaban destinados a Tantadel. Me gustaría probar suerte, dije suavemente, con voz dulzona. Permíteme pedir algo, añadí, abandona a tus amigos a su suerte, resuelve tus propios problemas, no los ajenos. Recomiéndales siquiatras, conoces varios, traté de burlarme; no era el momento. Tantadel estaba frente a mí, de pie, mostrándome su fragilidad. A la ternura sumé el deseo: la bata dejaba al descubierto sus muslos; un deseo tranquilo, no el afiebrado que normalmente sentía por ella.

La llamé: Ven acá, licenciada Vidriera, con cuidado, no vayas a romperte, quiero que llegues intacta para hacer el amor. Te acercaste y te atraje (quítate la bata). Quedó completamente desnuda y sumergió su espléndido cuerpo entre las sábanas. En esa ocasión terminamos simultáneamente, en un orgasmo largo, increíble, irreal. Tantadel recordaría el momento en que simbólicamente creyó que habíamos llegado a ser la pareja perfecta, que logramos la unión total.

V

No sé cómo pero Tantadel se enteró de que no volvía a tener ninguna relación con las mujeres una vez que terminábamos. Imagino que fue cuando le hablaba de alguna aventura amorosa. Entonces debí decirle que no las buscaba de nuevo. Imagino que lo hice para amedrentarla, de la misma forma que utilizaba a mi esposa y mi excelente situación familiar para chantajear-la (podría divorciarme, Tantadel, podría dejarla, ya no me interesa su perfección, te quiero a ti). Y así es, te dije que si rompías conmigo no sería fácil volver a unirnos. No fue amenaza, advertencia porque me conozco, porque no ignoro que dentro de mí existen impedimentos para resucitar antiguos y fallecidos amores por fuertes que hayan sido. Además de cierto, yo insitía por otra razón: ella tenía la actitud contraria: terminaba muy buena amiga de sus ex, como era del que fue su marido. Eso me irritaba, me causaba celos.

Y ¿sobre ti ejercen influencia las personas que has amado? Tengo idea de que en caso de encontrarme con una antigua querida, volvería a acostarme con ella aunque estuviera casada, enamorada o algo parecido. ¿Te acostarías nuevamente con Jaime?, pregunté mofándome.

No, repuso, en definitiva no.

Pese a la firmeza de sus palabras no pude evitar el enojo al recordar que se entrevistaba con Fernando y Jaime. Sobre todo con Jaime.

¿Y Jaime? Te telefonea, te manda flores, trae ridículas serenatas, amenaza con el suicidio. ¿Querrá ser tu amigo o continuar siendo tu amante?

Quiere ser mi esposo, contestó Tantadel en actitud defensiva, cosa bastante lícita, ¿no te parece?

Acepta. Tiene buen empleo, un Mustang, es elegante, dices que también guapo. No lo rechaces. Sería tonto.

Sabes que esas bromas no las soporto. Son de mal gusto.

Guardó silencio mientras ponía orden en sus papeles.

Al fin tocamos el tema, pensé. Tantadel había dicho que tarde o temprano tendría que hablar con Jaime y que más valía que fuese rápido. Aclarar las cosas. Decirle que ya no lo amaba. Explicarle que ahora quiero a otro, a ti. Naturalmente, no deseabas hacerle daño, tampoco ahondar sus frecuentes y largas depresiones.

No le hallo sentido, dije, por más que le doy vueltas al asunto, de qué van a hablar. Puedo anticipar lo que él dirá. Pero me gustaría saber cuál será tu defensa.

Tantadel prendió un cigarrillo (siempre que estaba nerviosa o que yo la molestaba hacía idéntica operación), aspiró el humo con falsa tranquilidad.

Me defenderé hablándole de ti.

Y puso sus manos sobre mis hombros. Se las retiré con un gesto de visible impaciencia.

Genial. Y qué le dirás. Que eres amante de un casado y sin dinero, tan joven como tú. Le proporcionarás armas y, si tiene sentido del humor, un poco de risa. Responderá que elegiste mal, que él ofreció, y sostiene la propuesta, una posición económica saludable, tan importante para las mujercitas. Tantadel, estás en desventaja, reconócelo. Ahora, existe la posibilidad de que aparezca el reencuentro, podrías descubrir tu vocación matrimonial.

Deberas comprender, contraatacó Tantadel inhalando mayores cantidades de humo y arrojándolo violentamente hacia mi rostro, que vivimos juntos, que lo quise y que tiene derecho a una explicación. ¡La merece!

Claro. Claro. Entiendo. Ya tus amigos le hablaron de la nueva adquisición de Tantadel. ¿Y qué dijo Jaime? Que no entendía cómo pudiste cambiar tanto, es decir, no comprende por qué has descendido: exacto: la cúspide es él, yo, en cambio, un pobre diablo. Pues bien, seré generoso: pasen una especie de luna de miel, así sabrán con precisión si continúan enamorados o si para ti es un grato recuerdo y si para él es un mero deseo sexual. Yo les recomendaré un buen hotel en Puerto Vallarta.

No digas tonterías, replicó, aunque pudo haber dicho no seas idiota; sus palabras fueron suaves pese a que la rabia se manifestaba en sus ojos. Me basta saber que te quiero y que soy correspondida. Voy a decirle la verdad y a terminar con Jaime para siempre.

Aquella tarde en que Tantadel se reunió con Jaime, fue una tarde deprimente para mí. No confiaba en la fortaleza de la mujer que deseaba y quería. Como a las siete u ocho de la noche me telefoneó: Todo está arreglado: Jaime acepta la separación; la dimos por hecho consumado.

(Te amo, susurró antes de colgar.)

Sentí alivio. Pero de ninguna manera podría perdonarle la cita con su ex amante. Y esa noche no la vi, pretexté tener trabajo. Acordamos que al día siguiente comeríamos en un restaurante chino.

Durante la comida estuve de lo más amable con Tantadel; desplegué cortesías desusadas en mí. Ella retomó el tema Jaime para decirme a la entrevista llevé tu fotografía. Eso me llenó de orgullo. No obstante, el malestar era más poderoso que mi vanidad, parecía emanado de las profundidades de mi alma y brotaba por los poros, estaba en el tono de mi voz, en la forma de mirarla. Por el momento mantenía la necesidad de venganza bajo control; más bien estaba aletargada, en espera de que algún error de Tantadel la hiciera reaccionar, surgir brutalmente. Bromeando recordamos a muchos compañeros que estudiaron con nosotros. Me recordó que por la noche tendríamos fiesta. Al concluir la prolongada sobremesa apenas había tiempo para irnos a cambiar de ropa. Tantadel, en uno de sus desplantes antialcohólicos, tan frecuentes, me arrancó la promesa de que no bebería.

En la fiesta (casa de Ignacio) había personas que no conocía. Algunas, explicó en secreto Tantadel, como si fuera un hecho notable, son trotskistas. ¿Cuáles? Vienen hacia nosotros, dijo emocionada mientras se ponía en pie para recibir a los representantes de la cuarta internacional: saludos de beso en la mejilla: desde luego, la izquierda. Pasaron a los comentarios acerca de la última reunión donde coincidieron con Tantadel y nadie habló de la violenta, sistemática, discreta represión que el Estado efectuaba contra los grupos de izquierda.

Ignacio comenzó a repartir trago, a hacer bromas entre los invitados, y por fin hubo música: algo así como la prehistoria: Miller, Artie Shaw, Goodman, Harry James. A la tercera pieza, Tantadel, ven, bailemos, y la alejé de sus amigos. Bailamos. Muy juntos. Besándonos con frecuencia. Sin duda Tantadel era la más bella de la fiesta. Distinguida, parecía de más edad. Fascinante, excitable (su sensualidad era tremenda, maravillosa, bastaba sujetarla por la cintura, presionar mi cuerpo al suyo para que en su rostro se advirtieran signos sexuales, entonces los ojos le brillaban de manera muy viva). A veces dejaba de apretarla, me retiraba un tanto y contemplaba sus facciones, su busto, su cuello: me sentía afortunado de tenerla y desafortunado por compartirla con sus amistades, y sus amistades estaban rodeándome, mirándome envidiosas, en espera de una oportunidad para "salvar" a Tantadel, quien merecía algo mejor que un recién salido de la adolescencia y ya casado; para ellas Jaime era más guapo, Roberto más inteligente, Fernando más simpático. En suma, yo era el perfecto pendejo, pobre personalidad junto a la figura espectacular de

Tantadel. Para lastimarlas bailé disco tras disco sin permitir que sus amigos, mis enemigos, hallaran la forma de arrebatármela. Por fin dieron con la fórmula y yo, como acostumbro en tales casos, no presenté resistencias, me rendí fácilmente. Alguien propuso un juego tarado de preguntas que uno debería contestar con *mucha sinceridad*. Una niña (Cecilia o Brígida, aquella que jamás me dirigía la palabra, que con frecuencia se quejaba: éste acapara a Tantadel, no la deja ni a sol ni a sombra y para colmo se molesta cuando la visitamos) hizo la pregunta sensacional dirigiéndose a mí, con voz de inquisidora de Tlalmanalco, es decir del subdesarrollo en el subdesarrollo: ¿Eres casado?

Fingiendo desenfado: Sí.

Fugazmente miré a Tantadel: no parecía afectada, platicaba con dos muchachos, se reía con vulgaridad y daba la impresión de no tener ningún vínculo conmigo.

¿Y dónde está tu esposa?

Aquello era absurdo, yo nunca había tolerado tales jueguitos imbéciles. Pensé largarme del lugar después de mentarles la madre a todos. Pero ¿Tantadel me seguiría? Lo dudé; y al observarla de nuevo me convencí de que no. Evitemos el ridículo. Quise, entonces, ser ingenioso: ja: en esas circunstancias.

En estos días he padecido amnesia y olvido las cosas, incluyendo el sitio donde se halla mi mujer.

Por supuesto, a nadie le hice gracia.

Y mientras era acosado con preguntas dolosas, un cretino se le pegó a Tantadel y la arrastró a un rincón de la sala, al margen de los demás. Yo sabía: no es romance, únicamente le contará sus desgracias. De cualquier forma me enfurecí. Es deplorable, pero nunca he podido ocultar mis estados de ánimo (tal como exigía Óscar Wilde): en este sentido soy demasiado claro: mi rostro ha sido y es una perfecta representación de lo que siento; el tránsito de la alegría a la ira, del regocijo a la tristeza, es rápido y no sé, no quiero, no puedo, ocultar esas pasiones que degradan mostrándolo a uno casi desnudo. El interrogatorio pasó a otras personas y los invitados se entregaron a una impúdica exhibición de intimidades, festejados por un público asqueroso de seudointelectuales, de falsos izquierdistas, impostores que trataban —con éxito en esa reunión— de impresionar mediante una cultura de nombres y títulos, de fraseología pomposa y hueca, sin ideas propias. Fui a la cocina por una copa y me acerqué a conversar con un cuate que estaba solo. Me puse a beber mientras en el corazón de la fiesta sacaban una guitarra y principiaban las canciones de protesta, el folklore latinoamericano. Cuadro completo: la típica reunión de jóvenes intelectuales progresistas.

Cuando Tantadel logró desprenderse de su amigo o éste acabó de contarle sus tragedias amorosas, vino hasta mí. Discretamente la rechacé y su abrazo fracasó. ¿Qué te pasa? Un nada rabioso fue la respuesta. Ella supo que yo estaba enojado y quiso tomarse la molestia de averiguar el por qué. No respondí pensando en que Tantadel era demasiado ingenua o muy tonta. Y seguí bebiendo. A las doce o más, yo estaba ebrio, platicando con un muchacho francamente homosexual. La conversación no era la más inteligente, pero ya borracho hablo de lo que sea y con quien sea, como buen nacional. No importa el tema, menos el interlocutor, no soy selectivo. Tantadel me observaba a distancia y con discreción. Por fin decidió acercarse. Interrumpió el diálogo y luego de una broma me obligó a bailar. Queriendo ser simpática dijo: Te salvé.

Hice una mueca. De malestar.

No me salvaste, estaba a gusto.

¿Con un maricón?

Sí. Pensaba que podría engañarte con un hombre si eso te lastimara.

Tantadel detuvo sus movimientos: por segundos pareció una fotografía, perfectamente inmóvil; luego, sus ojos relampaguearon (y ahora que reconstruyo la escena, puedo apreciar que no escribo una frase corriente, una imagen más: los ojos de Tantadel, como ya he insinuado, podrían ser comparados con estados del tiempo, y cuando se enfurecía daban esa impresión) y me dejó plantado allí, a media pieza, en medio de la sala. Regresé con mi incipiente amigo y al rato tuve deseos irrefrenables de largarme de la reunión. Huir ——————— Tantadel me alcanzó. ¿Quieres que nos vayamos juntos? Como gustes, si lo deseas puedes quedarte. Vinimos juntos, ¿no? Pues vámonos. Ella se despidió de las personas que estaban cerca de la puerta y yo solamente de Ignacio. Sentir el aire frío me reconfortó. Dejar de oír las voces de los amigos de Tantadel era todavía mejor. Caminamos. Sin mirarla hablé: Siempre supe, gracias a Deutscher, que una cosa era Trotsky y otra bien distinta los trotskystas. Sin embargo, qué cuadro más lindo: una mujer que ha rechazado los convencionalismos, que detesta a la familia, las fiestas patrióticas y todas esas zarandajas, saluda a los ultrarrevolucionarios, a los puros, con un cursi besito; el colmo de la ridiculez pequeñoburguesa que aspira a calcar modelos que no le corresponden. ¿Has visto a nuestros obreros hacer lo mismo? No puedo dejar de reírme (la carcajada era bastante falsa) de un compañero: a lo largo del año discursos inflamados de revolucionarismo —¡a las armas, cambiemos al país, sus estructuras, la mentalidad!— y en Navidad el tipo corre a comprar los juguetes que aparecerán en los zapatos malolientes de sus hijos. Y así queremos acabar con la antigua sociedad, con puras gentes deformadas que contribuyen a mantener vivas un sinnúmero de costumbres imbéciles, dañinas.

Silencio.

Las calles desiertas. Húmedas.

¿De acuerdo, estimada doctora Corazón? A propósito, ¿solucionaste los problemas de Alberto? Su novia está embarazada, ¿verdad?, cuál sería la solución, el aborto lo aterra, es un crimen. Pude escucharlo. ¿Qué dijiste? ¿Le recomendaste que permitiera el nacimiento, que se casara con Areli? ¡Mierda! ¡Tú, Alberto, la pinche preñada! Y la tomé bruscamente del brazo, mis dedos apretaron con fuerza y al sacudirla su pelo le cubrió el rostro; con la mano libre rehizo el peinado y pude notar que reaccionaba con frialdad, aunque después, un día que telefónicamente intentamos eliminar nuestras discrepancias, confesó haber sentido miedo.

Al silencio y a la humedad y a la soledad se añadió la neblina.

Tantadel vacilaba, pretendía defenderse. (De qué, para qué, tal vez pensaba.)

No me harás caer en tu juego, dijo por enésima vez, como si fuese a llorar.

Cuántas veces me ha repetido la misma frase y cuántas veces ha caído, me expliqué mentalmente.

Tantadel no cesaba de usar lugares comunes y términos siquiátricos (su relación con sicoanalistas era obvia y su respeto por tal materia solemne); además, siempre que no hallaba respuesta decía es sicosomático. De la misma manera yo tenía Edipo, un ego superdesarrollado, etcétera, etcétera, y todos los derivados de psicología los pronunciaba así, con p, como aparece en los diccionarios. En suma, cosas que cualquier preparatoriano sabe de memoria y que me recordaba a una novia que cuando estudió sicología dejó de pensar como criada para convertirse en profunda conocedora de la mente humana: verbi gracia: oyes música por el temor a la soledad; y yo, infructuosamente, trataba de explicarle que la causa era mi atroz melomanía. Pero seamos claros, Tantadel, tus constantes referencias a órganos sexuales, tus teorías al respecto, tus "hallazgos antropológicos" (ídolos en posiciones eróticas, formas fálicas, indígenas de piernas perfectas y miembros descomunales), tus fórmulas para hacer brebajes abortivos y tu deseo de verme desnudo, bañándome, me parecían más dignos de estudio clínico que mis pobres y vulgares complejos, que cualquier manual podría resolverme sin tener que narrarle mis problemas a un señor (o señora) muy serio y con frecuencia charlatán. ¿Y la historia de tu ida al Desierto de los Leones? Jamás supe las causas del relato: ni me provocó deleites sensuales ni me pareció notable; únicamente me irritó; te imaginé buscando la manera de satisfacer tus deseos, pensando en alguien para ir a la cama y gracias a unas antiguas palabras tuyas no estallé: Hago el amor por amor, tú lo has hecho por simple instinto animal. Y el episodio aparecía distante y no era original, menos escandaloso. (Era tarde cuando llegué al Desierto. Mis amigos me esperaban cerca de la alberca, en traje de baño. Platicamos y cenamos en el jardín. A las dos de la mañana decidimos dormir. Mi recámara estaba junto a la de ellos. Traté de leer un periódico atrasado pero el cansancio lo impidió y no pasé de los encabezados; así que apagando la luz me dispuse a dormir. El silencio era total. Escuchaba perfectamente mi respiración. De pronto un susurro junto a mí, el susurro se hizo frase y la frase tuvo respuesta, y comenzó un jadeó que iba en aumento: me di cuenta: mis amigos hacían el amor y su cama sólo estaba separada por una fina pared de la mía. ¡Las cabeceras estaban en la misma posición! El jadeo continuaba y continuaba y me pareció eterno. Mi excitación era tremenda. Los veía desnudos, se movían abrazados por el lecho, rechazando sábanas y cobijas. Gritaban. Se mordían. Se acariciaban. ¡Qué desesperación! Cuando concluyeron pensé que yo también terminaba. Después ya no pude leer ni dormir, me dediqué a pensar en la pareja que estaba en la habitación contigua y en el interior de mi cabeza no cesaban de hacerse el amor. Me dio asco y al día siguiente inventé un compromiso olvidado y dejé la casa de Carlos y Joaquín.) Está presente. Al escuchar el fin del relato, me puse cáustico, ¿recuerdas?

Preciosas anécdotas tienes, y amigos muy normales, y por qué no hicieron un ménage a trois o fuiste acompañada para evitar frustraciones, querida.

Su mutismo y su mirada me irritaron más.

Oye, ¿has sido compartida?

Prefiero callar, no entraré en tus diversiones.

Otra vez lo mismo. También opté por no hablar.

Al fin llegamos a tu departamento. El trayecto duró eternidades. No estoy seguro si esa noche hicimos el amor, ¿y tú, Tantadel?, no estoy seguro; hay veces que necesito realizar esfuerzos notables para que cada cosa ocupe su sitio. Los días que estuvimos juntos fueron un diluvio de acontecimientos, todo se precipitaba sobre nosotros y pasábamos de una situación a otra en una tormenta de sucesos y pasiones que nos hacían alertar nuestras inteligencias para entender lo que sucedía, ¿verdad? Y creo que no hicimos el amor porque el choque fue grave. Por mi parte pretendía vengarme de lo que consideraba un agravio: Tantadel me hirió al irse a platicar con el tipo aquél. En el fondo ella se defendía y trataba de presionarme —de manera poco inteligente— para que yo tomara una decisión definitiva respecto a mi situación, el gastado *tu mujer o yo, escoge*. Y en esencia, era un encuentro de vanidades, de orgullos, de personalidades. Cuando nos preparábamos para dormir los ánimos estaban intranquilos. Tal vez debimos caminar más calles buscando en la fatiga física el apaciguamiento de nuestros malestares.

Aún rumbo a casa de Tantadel.

La oscuridad y la ausencia de gente amparaba nuestra pugna. Cuando ésta parecía decaer, uno de los dos atizaba la lumbre. Por qué engaño a mi mujer, ¿recuerdas la pregunta? Entonces no tuviste respuesta, hoy la tendrás. Por principio también te engaño a ti con mi esposa. Tantadel objetó: No, porque desde que andamos juntos no la has visto, no porque no llevas anillo matrimonial, símbolo de propiedad, como el collar del perro. El engaño es corporal o no existe. Si contáramos los engaños mentales, millones y millones de hombres y mujeres traerían cuernos. Tienes razón, repuse, pero me refiero al engaño concreto, a la infidelidad cumplida. Acaso tu vanidad te impide pensar: ¿supones que sólo la esposa es engañada? Por favor, qué infantilismo. También las amantes son traicionadas. Desde que me acuesto contigo he tenido dos o tres experiencias sexuales. Estabas advertida: no soy persona de una relación, o mejor, como dijiste, soy un hombre fácil. Nada más que pasas por alto la complejidad de ciertos individuos, parece que trataras exclusivamente a personas elementales. Yo sería capaz de amar a tres mujeres al mismo tiempo, quererlas, admirarlas, por razones bien distintas. Puedo entregarme a las tres. En cambio tú, Tantadel, no puedes querer a nadie más que a ti misma porque sólo estás pensando en tu felicidad, en tu tranquilidad. No en la de otra gente. No en la mía. "¿Qué suele ser ese que llaman amor sino un miserable egoísmo mutuo en que busca su propio contento cada uno de los amantes?", hablé recordando a Unamuno. Y es justísimo, Tantadel. Aceptas o rechazas a un hombre en función de tus intereses y, lo que es doblemente mezquino, en función de tu futuro. ¿Te has puesto a pensar en que todavía no cumples veinticinco años y ya estás ahorrando para la vejez, ya eres propietaria?

Tantadel palideció. Pese a la bruma del alumbrado público pude darme cuenta de su blancura. Y después de mirarme largamente, pensando no sé qué cosas, no volvió a pronunciar más que monosílabos para responderme. La noche ya no fue refrescante. Yo sentía deseos inevitables de seguir externando mis opiniones, la euforia que me había poseído y cobrado fuerza merced al alcohol tenía que perder su vigor aunque fuera poco a poco. Qué pena me dan las mujeres que, carentes de inteligencia, piensan que los hombres que no son su marido engañan: el suyo es incapaz. Conozco a una que reclama: Oye, pobre de tu esposa, andas con otras. Mi marido es ejemplar. Ganas de hacerse pendeja, el ejemplar la ha cornamentado hasta con sus primas y hermanas ————————. La estupidez es definitiva ———————— pero en realidad esa ceguera tiene su aspecto económico: la mantienen; qué haría sin su gasto; la pobre no sabe leer; así que en caso de conocer la infidelidad conyugal, tendrá que resignarse. Ya sospecha y en vez de asesinar a su gallina de los huevos de oro (que eso son los maridos en nuestros sistemas), prefiere liberarse del malestar haciendo notar al resto del mundo sus flaquezas. Sólo su hogar es único y envidiable. Punto. Todos y todas son engañados, víctimas de una educación miserable. A nadie debemos culpar sino al estado de cosas en un país emputecido hasta la médula gracias a un capitalismo incipiente y ya vergonzoso.

Tantadel asintió moviendo la cabeza. Después de casi gritar, de deshacerme del odio, me sentí tranquilo. En el departamento mis ganas de hablar habían desaparecido. Volví a recordar la historia del Desierto de los Leones y el hecho de que yo solía contar relatos excitantes, retacados de erotismo, con el objeto de despertar las inquietudes de mi amiga en turno. Pero fue demasiado. Tantadel me ofreció pasta dentrífica;... preguntó si quería alkaseltzers y nos acostamos. La tensión tuvo puntos brutales; no obstante, dormimos abrazados, gastando nuestras últimas dosis de ternura. Ella tuvo humor para besarme y desearme buenas noches.

Al despertar, contemplar y evocar los sucesos anteriores, presentí que Tantadel se había alejado de mí. No quise interrumpir su sueño y extremando las precauciones me levanté, bañé y vestí; fui a visitar a un amigo enfermo; sobre el buró puse una tarjeta:

Tantadel, regreso en dos horas.
No te despierto. Eres bellísima
cuando duermes.

No tardé gran cosa. Tantadel estaba arreglándose. La besé y ella dijo gracias por la tarjeta, es muy bonita; la guardé con el resto de tus regalos. A veces eres delicado.

Había un aire frío en su tono que auguraba cambios en la mujer que amaba. Desayunamos leche y galletas. Lavamos tazas y platos y decidimos pasear por Chapultepec. (A lo largo de más de treinta días, Tantadel y yo visitamos los jardines públicos de la ciudad, al menos los de mayor importancia; ignoro la causa, a mi no me llaman la atención.) Afortunadamente había unas cuantas personas en el bosque. El sol hermoseaba los árboles. En el lago seis o siete lanchas navegaban con parejas en su interior. Intenté algún chiste sobre los amores bucólicos, hice la comparación entre Dafnis y Cloe y nosotros. Dije que la naturaleza era bella, pero me declaré antiarcádico, antipastoral, admirador de las urbes aunque estén contaminadas y sean ruidosas y provoquen enfermedades nerviosas. Tantadel apenas esbozó una sonrisa. Jugueteaba con las ramas o plantas a su alcance. Habitualmente parlanchina, iba callada, fijando su mirada en las fuentes, en las estatuas, evitando verme. En realidad, yo tampoco estaba con ánimos para conversar, sólo que no podía permitir que apareciera la ausencia de comunicación, así que trataba de mantener la plática.

Pensábamos comer en cualquier restaurante y luego ir al cine (desde que estábamos juntos fuimos una vez). O sea que teníamos planes. ¿Fuiste tú o fui yo quien comenzó la última discusión? Quizás nadie. Apareció sola, como resultado de una intensa relación asfixiante que agonizaba. Sí, eran los estertores. Te quejaste de mi carácter tornadizo, de mis actitudes irracionales, de mi "incipiente locura". Hablaste con severidad maternal: o cambiaba o mi vida marcharía dando tumbos. Terminarás siendo un marginado, concluyó vaticinando.

Debí responderte que yo era sociable, mucho, que nada más asumía esas "actitudes irracionales" porque te amaba con verdadera pasión. Preferí ser doctoral. El hombre, Tantadel, el ser humano, debe/

Pero no me dejaste concluir, en rigor ni siquiera principiar.

El amor se había extinguido, al menos en su primera etapa. Ambos tuvimos la suficiente dignidad como para concluir sin llantos, sin reproches. Todo parecía haber llegado a su término, Tantadel, y seguro que ninguno tenía ganas de separarse del otro. Esa última discusión no era agresiva, no se trataba de dañar. Ella dijo que no podía más, dentro de unos meses estará tu esposa de regreso, que ha sido un fantasma para mí; me sigue aunque nunca la mencione. He tenido celos desde que la describiste, desde que me contaste que pese a cuatro años matrimoniales seguías enamorado. Pienso que careces de valor para divorciarte o simplemente no lo deseas. Pienso que nunca hemos hablado enfrentándonos a nuestros problemas. Hemos vivido una especie de pandemónium. Carece de sentido seguir torturándose. Tú a mí. Yo a ti.

Su voz me impresionó: estaba sufriendo. Y yo padecía por ella y por la inminencia de la ruptura. Pude haberle dicho que no era casado, que mi famosa mujer era un invento, que únicamente quería a Tantadel, y no lo hice. Las palabras no salieron. El orgullo me impidió contradecir su decisión. Por otra parte no deseaba derrumbar una mentira tan magníficamente urdida, que me envanecía: logré crear una mujer ideal, la esposa perfecta, llena de virtudes, de talento, de cultura, casi podía equipararme a un dios o a los hombres que han sabido producir seres aunque sean informes; pude crear vida, cosmogonías. Entonces preferí darle la razón a Tantadel que peleaba por mí, que estaba luchando por el amor. Opté por conservar *mi matrimonio*.

Está bien. Será mejor separarnos. Terminar definitivamente. Y aquí le recordaba a Tantadel lo que escribí al principio de este capítulo: que no podía transformarme en amigo de una amante pasada. Pareció no percatarse.

Pidió:

Seamos buenos amigos, buenos compañeros, aún podemos tener las conversaciones que tuvimos cuando no reñíamos.

Imposible. No podía aceptar. Categóricamente rechacé tal pretensión. Y menos contigo, Tantadel. O acaso supones que podría visitarte mientras estás con tu nueva amistad, en tu nueva búsqueda. No. Era preferible romper y no vernos. Vivimos en una ciudad inmensa, tus amigos no son los míos, tu trabajo es distinto al que tengo. Será difícil el reencuentro y yo no te buscaré. Conozco los rumbos y lugares que sueles visitar, en lo sucesivo los evitaré. En serio, en serio.

Todavía quisiste que comiéramos y juntos (sin rencores) pasáramos la última tarde. Juntos. Los dos solos. Me negué. E insistí con firmeza: Hemos concluido, no veo por qué causa tenemos que prolongar este cómico martirio (yo tenía un nudo en la garganta y vi los ojos húmedos de Tantadel). ¡Hasta dónde llevé mi orgullo, debí aceptar ese fino hilo que aún nos retenía!

Invité a Tantadel a que fuéramos a recoger mis cosas a su departamento y luego a ir por tres libros de Tantadel que permanecían entre mis propiedades. No quiero que haya ningún pretexto para volver a vernos. En el camino nadie pronunció palabra. Recuperé lo mío y luego saqué los volúmenes que pertenecían a Tantadel. Con dramatismo irreconocible, preguntó si deseaba conservarlos por un tiempo mayor, puedes guardarlos, no me urgen, insistió ella. No, repuse. Hizo un leve intento por hablar. Di la vuelta. Y al llegar a mi cuarto lloré odiando mi carácter, lloré detestando el carácter de Tantadel.

VI

Transcurrieron dos semanas, ¿o tres? (fastidia llevar la contabilidad). Volví a mi vida normal y salía con amigas, pero cada vez menos, prefería estar en casa, leyendo, intentando escribir algunas líneas sobre Tantadel, quizás eso me ayudaría a aclarar por qué rompimos, por qué causas dos personas que de verdad se aman dejan de verse, por qué al estar juntos se dañan. Evitaba ciertas reuniones seguro de que Tantadel no faltaría a ellas huyendo de su soledad: era horrible imaginarla rodeada, asediada por amigos ramplones, incapaces de decir algo sencillo. Busqué olvidarla en los libros, me sumergía en la lectura tratando de borrar su recuerdo-presente, su figura esbelta, su rostro apenas maquillado, sus expresiones groseras o delicadas, una Tantadel extremosa, ignorante de los justos medios (igual que yo). Cuando fallaba el libro incapaz de sujetarme, recurría a los volúmenes ilustrados y pasaba horas viendo fotografías de la Revolución, litografías de viejas batallas, escenas callejeras de la anciana y fascinante Europa, grabados de Doré, de Durero, aguafuertes de Goya, libros de arte egipcio, tremendas reproducciones de encuentros bélicos durante la segunda Guerra Mundial: todo lo miraba con asombro y me entretenía hasta con detalles mínimos, insignificantes. O, por último, buscaba la evasión a través de la literatura de aventuras (ciencia-ficción, policiacas, de cacería...); ésta lograba mucho por mí. Un día sonó el teléfono, lo que era poco común (mis padres no tenían muchas amistades y yo heredé dosis de aquella misantropía). Ahí estaba el ruido molesto de la campanilla, ineludible e insistente, sin nadie que atendiera su llamado. Me decidí —de mala gana— abandonando un libro de Haggard. ¡Hola!, dijo una desagradable voz femenina, alegremente. Hola, saludé desconcertado. Después de las fórmulas cómo has estado, yo bien y tú, me atreví a preguntar quién habla. Adivina. Esos acertijos me parecen (son) imbéciles y subí el tono. De pronto la voz me fue familiar: ¡Tantadel! Había olvidado su voz, o, mejor dicho, la había cambiado por otras voces.

Sólo para saludarte, saber de ti.

Gracias, no te hubieras molestado, hablé entre irónico y aún descontrolado, sin hallar la actitud que debería asumir después de haberle garantizado que no volveríamos a tener contacto. La idea de que Tantadel me hablase telefónicamente no pasó por mi cerebro, ahora mismo me sorprendía: tanta firmeza, tanto radicalismo para terminar llamándome; sin embargo, me alegré, y muchísimo.

Abrí fuego:

Y aparte, ¿hay alguna otra razón?

Sarcástico, pensando en el malestar que me causó la entrevista que supuse última.

Sí, dijo a boca de jarro, quisiera que fuéramos amigos.

A renglón seguido, una larga retahila de razones por las cuales deberíamos llevar amistad: la comunicación intelectual, afinidades, cariño, ocio compartido, etcétera. Dejé transcurrir unos segundos antes de responder. Recordaba. Comunicación intelectual. Tantadel, siempre afirmaste que teníamos grandes semejanzas, pero mis preferencias cinematográficas, literarias o de cualquier otra índole te desconcertaban; muchos personajes eran anormales para ti, en tanto que yo los comprendía perfectamente. En vano discutimos a Fitzgerald: no pudiste captar la grandiosidad del sacrificio amoroso de Gatsby; a Sade lo borraste con una cita extraída de un manual de sicología. Parecíamos predispuestos a no llegar al acuerdo. Leí para Tantadel párrafos o capítulos donde los personajes decían o hacían cosas comprensibles para mí y que a ella le parecían irrazonables o injustas; frecuentemente encuadraba la vida dentro de una lógica vulgar, cotidiana; y es comprensible: estamos rodeados de personas que nunca dejan de pensar que el rojo es rojo y que una casa tiene que ser una casa; ¿cómo podrían entender ciertos problemas cuando ni están a su alcance ni tuvieron una experiencia distinta fuera de la estupidez? ¿Cuántos seres fomentan el desarrollo de la fantasía? Pocos. Al abandonar la niñez los hombres se encadenan a un realismo abominable. Pueden ser talentosos, inteligentes o estudiosos y carecer de sensibilidad y capacidad para permitir que la mente vaya más allá de las cercas levantadas por los que tienen los "pies sobre la tierra". Marx, Lenin o Guevara, a quienes admiro intensamente, fueron soñadores. Tantadel y yo hablamos de otros desenlaces para los libros que nos interesaban y siempre eran dos: el tuyo y el mío. ¿Y por qué estábamos dentro de la literatura? Sucedía que yo la utilizaba para demostrarte que muchas de mis posiciones y actitudes eran correctas. Nunca hubo mejor apoyo. Creo que mi plática o te interesaba o te comunicaba ideas, estoy de acuerdo, Tantadel, pero jamás sucedió a la inversa y si te escuché repetir conceptos míos, pocas veces te vi con libros entre las manos. Igual que tantas sanguijuelas intelectuales: nada más afinan el oído y aparecen ante el público como extraordinarios lectores. No. Tantadel era de aquellas que se opacan a propósito con el fin de permitir que el brillo masculino resplandezca. Peor todavía. De todas maneras, mi posición no variaba aunque gustoso hubiera corrido hacia Tantadel; como amiga no me importaba. Ante su insistencia fingí aceptar.

Perfecto, desde hoy seremos *excelentes* amigos, nos contaremos nuestros problemas y juntos hallaremos respuestas. ¿De acuerdo?

Tantadel se descontroló: esperaba, sin duda, encontrar una resistencia menos endeble, más firmeza, mayor lealtad a mis principios manifestados de manera tan estridente. Y no captó que entraba de lleno, brutalmente, en un juego de dimensiones mayúsculas para su precario poderío espiritual. Comprobaría que su reputación de mujer valiente era un mito.

Y ahora que somos amigos —continué sin dar tregua— de qué hablaremos: ah, debo decirte algo: estoy metido en un conflicto amoroso.

Fuiste horriblemente vulgar, Tantadel:

Vaya, el que juraba amor eterno/
Preferí interrumpirla.

Es curioso, la muchacha vive cerca de tu casa y durante los días que la frecuenté jamás vi tu coche, tampoco luces en la ventana. ¿Saliste de la ciudad?

Siguió un silencio que cualquier novelista calificaría como embarazoso. En seguida hablé:

Electra.

Cómo dices.

Se llama Electra. ¿Dónde la conocí? Eso es cosa vieja. Trabajamos en una agencia de publicidad. Ella fue la primera persona que traté en ese sitio: alta, pelo negro, cara graciosa, buen cuerpo, menor que yo, pronto me atrajo y la amistad fue prosperando, creciendo y creciendo: comíamos juntos, procurábamos hacer trabajos semejantes o el mismo de ser posible, confeccionábamos anuncios idiotas que los industriales tarados deseaban para que sus inútiles productos fueran engullidos por una sociedad (dizque de consumo) que requiere orientación para comprar, para conocer sus necesidades; era divertido y no pagaban mal. Cuando mi trabajo sufría un tropiezo (qué hacer para que la gente beba más cerveza) tomaba el teléfono y pedía la extensión de Electra y hablaba con ella, igual que hoy lo hago contigo. Y bromeaba. O le contaba un chiste o hacía un comentario sobre temas simples, que aceptaba de buen grado e iba más lejos: Ya sabes, soy sencillita sencillita pero te quiero. A veces le decía: ¡Hola!, salúdote y mándote un beso telefónico: mua, mua, smack, smack, y colgaba la bocina mientras ella reclamaba que a juzgar por el número de onomatopeyas no era uno. En ocasiones teníamos que ir a un lugar determinado para filmar o buscar material e íbamos burlándonos de nuestras tareas. Te propongo —sugería yo a Electra— un bonito comercial para Volkswagen: un cuate viola a su novia dentro del coche, lo que demostrará, merced a grandes planos y a close-ups, cuán amplio y cómodo es. Compre un vw, el gran enano, excítese con su potente motor y en pleno camino, alejado de la contaminada ciudad, pruebe los frenos, deténgase y haga el amor con su compañera, salvajemente, fieramente. Los lujosos interiores de plástico atigrado servirán de estímulo y no se preocupe por el espacio, usted inténtelo. Si la muchacha ofrece resistencia, mejor, comprobará la fortaleza de nuestros carros que por estar hechos en México están bien hechos. ¿Te parece bien, Electra? Reíamos. Pero una vez nos besamos sin bromear, sentí necesidad de tocarle los senos. No, por favor, se defendió, y comprendí que era sumamente joven e inexperta, que estaba en la búsqueda de un amor diferente del que yo podía darle. Sin embargo pregunté la causa del rechazo. Electra dijo: Te quiero, sí, mas (sic) imposible olvidar que eres casado. Qué quieres, estoy moldeada a la antigua. A partir de entonces, Tantadel, llevamos una curiosa especie de noviazgo, tal como lo concibe todo mundo: besos, idas al cine, caricias veladas. Su familia no objetaba mi presencia: extraño: por un lado me suponían distanciado de mi esposa, viviendo solo, por el otro sabían que a lo largo del matrimonio no tuve hijos como no los tengo hoy. Deseaba a Electra con vehemencia, la soñaba, y muchas veces desperté con la certeza de que dormía desnuda junto a mí. Y los deseos insatisfechos, reprimidos de manera dolorosa, se confundieron con el amor o tal vez estaban mezclados y sentí verdadera pasión por Electra.

Electra, te dije que me divorciaría. Tu reacción no fue la adecuada y más tarde habrías de lamentarla; llegaste incluso al lugar común: Si te divorcias una vez, podrás hacerlo una segunda. Pensé que no debía insistir. Pensé en separar el amor del deseo, alejar la ternura de tus caricias, tu carita de belleza simplona. No hubo tiempo: me fui a los Estados Unidos y durante meses, Electra, te recordé sin tener noticias tuyas. No tuve la precaución de apuntar las señas de tu casa y cuando quise escribirte no supe a dónde, ni siquiera teníamos amigos comunes que pudieran darme la calle y el número de tu casa o hacerte llegar una carta. Espera, antes de irme, dos o tres días antes, alguien, no recuerdo quién, me advirtió: Electra sabe que viajas con tu esposa y eso la tiene confusa y teriblemente decepcionada. Lo lamento. Hubiera preferido que nada supieras al respecto, que tu último recuerdo no fuera ése.

Te avisaron mi regreso en calidad de chisme: ya está en México, y obtuviste mi número telefónico y volví a escuchar el sonido de tu voz. Explicaste —con notable entusiasmo, con exaltación— que tenías ganas de verme y concertamos una cita para el mismo día, a las seis de la tarde. Llegué puntual, ansioso de saber cuál sería mi reacción frente a Electra, si en un año te habías transformado o si continuabas siendo aquella maravillosa muchacha, cuyo cuerpo no correspondía a una mente un poco infantil. Estabas más bella. Y creo habértelo dicho. Aparecías en el marco de la puerta, emocionada. Nos besamos. Un beso tímido y nervioso. Al separarnos exclamaste: ¡Has cambiado, subiste de peso! ¡Gordo! Respondí que estuve en un país desarrollado, nada de tortillas, frijoles y chiles verdes. Sonreías. Su gran estatura le confería un aire digno. Parecías una mujer inalcanzable y eso me interesó. El amor resucitó, Tantadel, vino de entre los muertos; además, necesitaba olvidarte, las lesiones de nuestra separación estaban de hecho intactas. Durante muchas horas, Electra y yo conversamos, teníamos cosas que contarnos; ambos evadíamos el tema de mi matrimonio. Por fin, una tarde, Electra dejó de sonreír y la escuché: me contó de un novio al que quiso, pensaban casarse. Una noche bailaban en un club y el frotar de los cuerpos hizo surgir el deseo, la excitación apareció. Fuiste cada vez más audaz, Electra. Él te propuso ir a la cama y ella aceptó. Jamás esperé tal revelación que en otra persona me hubiera parecido totalmente normal o insulsa: he recibido confesiones atroces sin inmutarme, pero esto era distinto: no pensé que tú pudieras irte a acostar con alguien, estaba, en realidad, incapacitado para imaginarte con otro que no fuese yo, porque nunca supe de pretendientes tuyos o de amigos. A la sorpresa (estaba atónito) siguió curiosidad, una curiosidad insana. Me contaste, Electra, me contó, Tantadel, que en el hotel el novio estuvo brutal, ¿no es así? La decepción fue inmensa, Electra no supo qué era el sexo. Parece (las descripciones fueron imprecisas, vagas) que lloró largo rato, desnuda, adolorida, y que al vestirse había adquirido una decisión: no ver más al novio, no llegar al matrimonio, no volver a tener relaciones sexuales, eran demasiado crueles: dónde está el celebrado placer del que tanto hablan, te repetías frustrada. El ver a tu novio convertido en una bestia babeante que te besaba y acariciaba burdamente, el oírlo gritar incoherencias, el escuchar frases desconocidas que trataban de darte órdenes para que hicieras cosas que te parecían repugnantes, todo eso contribuyó para que por mucho tiempo, hasta mi regreso, impidieras que un hombre se te acercara. Conmigo volviste a los momentos dulces, cursis, delicados, a los intentos de tocarte discretamente, con suavidad, es decir al noviazgo. Cuando concluiste el relato, yo estaba indignado: Electra se había entregado con facilidad; conmigo, en cambio, siempre mostraste un pudor extremo y nada más permitiste que te rozara los senos y los muslos. Sentí que habías sido injusta. Y opté por contarle el amor

tantadel sentada en el borde de la cama, pensando en lo que escuchaba, imaginando a electra, comenzando a sentir la aparición de rabiosos celos, fumaba nerviosamente

que tuve por Tantadel. Fuera de algunos detalles

sobre mi esposa, no le había hablado de mujeres, así que con lujo de detalle le narré cómo fue nuestra vida en común. Dijo, dijiste, Electra, que no conocías esa faceta mía y en efecto estabas desconcertada. Insistí en mostrarme como soy. Electra cesó de hablar y yo me despedí.

La siguiente vez que nos reunimos, Electra preguntó si aún te amaba, Tantadel. Respondí parece que sí, fue un amor de gran intensidad como para olvidarlo. Pero me prometí no volver con ella, si eso quieres saber. Vamos a caminar, invité a Electra, y recorrimos varias calles de una ciudad seminublada, de aspecto sucio, polvoso, antes de decidirnos por entrar en un cine: la película había principiado; no nos importó, realmente no teníamos interés en verla. Manteníamos los ojos fijos en la pantalla sin prestarle atención a las imágenes, al sonido. Electra apretaba violentamente mi mano. Expresó —sin preámbulos— te necesito, quiero estar contigo. La besé más bien con ternura que con pasión y abandonamos la sala. Volvimos a caminar ahora buscando un hotel. ¿No me dolerá?, preguntaste sin ocultar tus reservas, pensando en tus cicatrices. Todo doctoral te lancé una larga explicación sobre la materia en cuestión; la síntesis era digna de la mejor revista de consejos a las mujeres: depende del cuidado que ponga tu pareja, habrá que hacerlo con suavidad. Y en efecto, así fue. Temblabas. Tardaste en desvestirte y no lo hiciste frente a mí. Nos cubrimos con las sábanas y comencé a acariciarte. No cerrabas los ojos y continuabas temblando. Ignoro si lloraste o simplemente tus ojos estaban húmedos por emociones contradictorias: el deseo, el temor al acto sexual, el estar desnuda junto a un hombre... Poco a poco fui penetrándote, ¿lo recuerdas?, tratando de no causarte daño, pero te defendías, no, no, espera, me duele. Deduje que el posible dolor era más bien mental que físico, y mientras volvía a intentarlo,

tantadel agitada, mordiendo el cigarrillo, furiosa, a punto de colgar la bocina por algo que ella misma provocó; no, resistiría hasta lo último pasara lo que pasara

te hablaba, te decía boberías, te besaba la boca, las mejillas, el cuello, los ojos, la nariz, la boca, y fuiste perdiendo el miedo y finalmente comenzamos a movernos; yo seguía tu ritmo natural y procuraba satisfacerte aún a costa de no

sentir placer absoluto. Cuando se aproximaba el final para ti, cerraste los ojos y me abrazaste con fuerza: por primera vez aparecía en tu vida el orgasmo y durante largos segundos estuviste estremeciéndote, respirando con brío, sintiendo aquella energía capaz de sacudir el cuerpo y hacerte perder de vista el mundo circundante. Luego concluí yo y cerraste más el abrazo. Después, abriendo los ojos y viéndome a los ojos, exclamaste: ¡Es maravilloso, nunca pensé que fuera algo tan extraordinario! Volviste al silencio, a meditar en lo sucedido, a tratar de hallarle una explicación racional al acto amoroso. Hiciste un extenso mutis, te ausentaste; parecías adormecida por la emoción, por el descubrimiento y a mí me gustaba verte así: pensativa, casi soñadora. El silencio suele sublimar a la gente.

¿Cuánto duró? ¿Qué cuánto duró? ¿Me lo pregunta Electra o debo contestarte a ti, Tantadel? Dos semanas, o menos. No llevé la cuenta. Pero recuerdo que todo fue perdiendo entusiasmo con celeridad, al menos para mí. Electra había descubierto un juguete nuevo y se aferraba a él, sólo que seguía siendo una niña y la responsabilidad descansaba en mí: yo tenía cuidado de no dañarla, yo compraba óvulos anticonceptivos, yo se los colocaba, etcétera. Electra cobró confianza y ahora iba a los hoteles de paso sin vergüenza: entraba con seguridad, y llegó a llevar bata transparente y cosméticos. Hacíamos el amor y una vez pasado el frenesí —mientras ella se arrepentía de no haberse acostado conmigo desde tiempo antes—

yo descubría que no teníamos de qué hablar. Electra no se percataba de lo importante que resulta para algunos la comunicación extrasexual, me pedía que le enseñara todo lo posible sobre el amor, como si yo hubiese escrito el *Kama-Sutra* o fuese discípulo de Miller; luego caíamos en pláticas bobas sobre sus problemas familiares o en el silencio, silencio larguísimo, tenso, donde cada uno hacía esfuerzos por hallar un tema del cual platicar. Comprendí que Electra había dejado de interesarme. Si a esas alturas no me hubiera acostado con ella, mi amor-deseo tal vez estaría incólumne. Pero ya nada me importaba. Comencé a espaciar las visitas —mi eterna táctica, mi forma de ser—, a fallar en las citas, a no hablar telefónicamente, a permanecer silencioso y malhumorado, a discutir por simplezas; da resultado y por último, fastidiadas, me mandan al diablo; entonces quedo de nuevo en libertad, en disposición de mi tiempo, de mis horarios, sin tener que saltar cuando oigo el repiquetear del timbre o del teléfono. Pero Electra iba a presentar mayor resistencia. Me sitió des-

tantadel sonrió irónica burlándose, tratando de sentirse mejor; mantuvo la sonrisa nerviosa ahora comparando la situación de electra con la de tantadel: había puntos de contacto atando la guerra: es desesperante, me vuelve loco, no soporto que la gente se muestre cuando no deseo verla: debe suponer que su compañía es balsámica, que me ayudará y salvará de los problemas que padezco. Y me busca y me busca. Y únicamente encuentra mi aversión. Electra explicaba que no podía dejarme solo, que si mis relaciones matrimoniales fueran positivas o normales no habría dificultad en ceder, dejaría de verme, pero no, vives en un infierno, no tienes hogar, hijos (como si me importaran tales sandeces), decídete, divórciate, podemos poner un departamento juntos, incluso, si lo deseas, casarnos, lo que/

Electra, por piedad, se un grato recuerdo y no un mediocre presente. Tuve que recordarle: Antes decías: arregla tus problemas familiares, ten hijos. . .

Y me veía con ternura, ternura que pronto se metamorfoseaba en cursilería y derramando melaza del mejor estilo cinematográficomexicano me consolaba: Cómo debes sufrir, querido mío, tu soledad (y en lugar de frenar su carrera hacia el premio Dama de las Camelias, me permití guasear: Mon amour, je ne suis jamais seul avec ma solitude, parafraseando una canción de Moustaki). Casi me besaba la frente, como lo hacía mi abuelita o mi mamá antes que me recogieran para ir a la escuela primaria. ¡Estaba harto de ella, Tantadel!, y no cesaba de pensar en ti, en lo diferente que fue lo nuestro, en que tu importancia real no consistía en admirar el alumbrado navideño de la ciudad, en ahorrar para el ineludible (e inefable) viaje a Disneylandia, en conmoverse ante las cotidianas heroicidades del mexicano. Yo estaba igual que bestia acosada y el símil no podía ser otro por gastado que parezca: la impotencia para rechazar a Electra de plano me sujetaba; qué costaría decirle vete al diablo, somos diferentes; amo a mi esposa y no tengo dificultades con ella. Pero no, Tantadel; el miedo a herirla o el hecho de pensar que en el futuro podría acostarme nuevamente con Electra impedían el choque frontal y definitivo. Y mientras meditaba lo anterior, mi perseguidora insistía con renovada fijación: Mis hermanos comentan burlones nuestras relaciones, saben que sigues casado aunque andes libre y tu mujer no esté en México, no desconocen que te adoro. Yo, por supuesto, fingía no entenderte, y argumentabas y argumentabas atacando para vencerme, cada vez con menos fuerza; la agobiante tarea que te habías impuesto no daba resultados satisfactorios, al contrario. Las entrevistas fueron espaciándose, asimismo las llamadas, hasta que no supe más de Electra, Tantadel. Es extraño, tengo presente una de nuestras pláticas finales:

Has cambiado mucho, dijo ella.

Lo dudo, respondí.

Eres diferente.

Soy igual, igual que siempre.

En el pasado, cuando te conocí, cuando trabajábamos juntos, eras otro hombre, ahora estás amargado, por eso odio a tu esposa, la detesto; la veo de facciones duras, aborrecible.

Sonreí.

Era idiota, es, que una persona te califique o te juzgue sólo por su conocimiento, por su forma de verte, por algunos datos que apenas configuran una silueta o una sombra, pero resultaba más idiota odiar a un simple nombre.

Así que supones que todo tiempo pasado fue mejor, razoné sardónico evitando caer de nuevo en la discusión si debía divorciarme o no, si era feliz o simplemente estúpido por no "abrir las puertas del paraíso" cuando se me mostraban con toda su magnificencia de nubes azules, música celestial interpretada por miles de voces angelicales, rayos dorados de un sol ajeno y complicados arabescos en medio de una vegetación lujuriosa; lo que sucede, *querida,* es que uno recuerda en bloque los momentos más amables, más trascendentales, y olvida los monótonos, rutinarios, desagradables, que son la mayoría. Recuerdas los días de bailar y de tomar una copa bien acompañada, olvidas el tedio del trabajo o de aquellas discusiones —farragosas, sin sentido— en las que hablábamos de mi relación. matrimonial, de abatimientos y desencantos, cuya finalidad era atraerte.

Pero en estas vulgaridades, Tantadel, Electra tenía parentesco contigo o ¡es que las mujeres en este país están cortadas de la misma manera y son incapaces de rebelarse contra esas costumbres, esa educación, esos prejuicios! No pasemos por alto que tú, Tantadel, me pediste que fuera cuerdo, que te dejara, tuviera hijos con mi esposa. Espero no volver a toparme con Electra; ahora, no sabría cómo actuar en caso de que ella insistiera con su acoso, rebajándose, eliminando los restos de su prestigio.

Tantadel tardó en responder: evidentemente estaba desconcertada con mi largo relato y yo gozaba imaginando su cara de seriedad, de preocupación, de abatimiento. Aproveché el momento para una digresión hiriente: A propósito de recuerdos, ¿todavía conservas mis fotos?, ¿o hiciste como los burócratas que al cambiar el presidente de la República cambian de inmediato el retrato?

Ofendida explicó que las fotografías continuaban en el mismo sitio (el buró). Di las gracias con afectada amabilidad. Veo que no me has olvidado; ahora trataré de hacerlo, fue categórica retomando mis palabras. Me duele, continuó, que a dos semanas de nuestra ruptura hayas aumentado el número de amoríos.

Mi turno:

Quizás para ti dos semanas sean nada, supongo que para todos son efectivamente dos semanas, para mí son mucho tiempo, depende de la intensidad con que vivas cada minuto, cada hora... Para un pobre oficinista dos semanas son quince días, con precisión matemática; para otros pueden ser eternas o terriblemente breves.

Corrompido, trató de vengarse sin levantar la voz, sin gritar, sólo poniendo énfasis en el adjetivo.

Por qué, Tantadel. Estar enamorado no significa corromperse. Y me reía. El hecho de que tú no puedas enamorarte con facilidad y menos aún después de una relación es problema tuyo, no califiques a las personas por lo que te gusta o no.

Al poco rato, Tantadel se despedía sin duda arrepentida de haberme llamado. ¿Qué pretendía? ¿Ser mi amiga? ¿Mi confidente? ¿Mi amante de nuevo? Para qué insistir. O Tantadel era masoquista o seguía enamorada. Mi vanidad hacía que pensara en la segunda razón. Pero entonces me enfurecía que no fuera explícita, por qué hablar y solicitar amistad cuando en realidad quieres acostarte conmigo. Decidí hablar con ella al día siguiente, pensé que había ido lejos con mi historia; de todas maneras Tantadel regresó, eso era lo importante, me buscaba otra vez, y yo que llegué a creer en la firmeza de sus decisiones.

después de colgar la bocina, tantadel se contempló largamente en el espejo del tocador: preguntó dónde había fallado, por qué, y el espejo miró que pese a estar sola lloraba discretamente para que nadie la oyera

Veinticuatro horas después, casi a la misma hora en que recibí el llamado que inició mi confesión sobre Electra, marqué el teléfono y esperé varios segundos antes de escuchar a una Tantadel adormilada. ¡Hola! ¿Estabas dormida? ———— Disculpa, pero tenía que conversar contigo. En seguida le expliqué que mi relato del día anterior era falso, totalmente apócrifo, fue una burda mentira, inventos para desconcertarte, para conocer tus reacciones. Añadí: ¿no te pareció un buen tema para telecomedia?

Tantadel contestó triunfal, ya sin sueño en la voz:

Lo sabía. Supe que no era cierto. Había cosas que no encajaban en tu manera de ser. Creo conocerte lo suficiente como para darme cuenta si mientes o dices la verdad.

Aquí puso énfasis, autosuficiencia.

Vino a mí la imagen de la Tantadel segura de sus conocimientos humanos, la persona que nunca se queda callada, que lo mismo interviene en discusiones políticas que en conversaciones sobre la manera de vacunar al ganado para salvarlo de la fiebre aftosa: doctoral, confiada en los mil nombres que manejaba, mil nombres entresacados del Who's Who in Mexico. La detesté. La odiaba siempre que intervenía para afirmar, nunca tuvo dudas; desconocía los titubeos y jamás dijo tal vez, quizás, no estoy segura. Era como todo mundo: habla de literatura —¡pobre literatura!— por haber leído dos o tres libros deplorables, best-sellers; por conocer algunos apellidos de escritores y entonces siente derecho para comentar cualquier obra, cualquier autor, mientras que ningún profano se atrevería a explicar cuál es el método más correcto para alimentar a una computadora. Qué desprecio por la literatura.

Prosiguió. Sin interrupciones. De corrido.

A ti las vírgenes o semivírgenes no te entusiasman. Has dicho que no eres maestro de sexología, que aprendan antes de llegar a ti, que a diferencia del macho mexicano las prefieres experimentadas. Contaste que tu relación más frustrante fue con una adolescente de quince años/

Pensé, en tanto escuchaba un murmullo distante, que no me conocías, que si hablaba despectivamente de las vírgenes era porque jamás tuve una en mi cama: las mujeres llegaron a mi vida después de muchas experiencias sexuales; yo tenía todas menos la de la virginidad.

Además, seguía Tantadel, recuerdo los problemas que tuviste con tu esposa a causa de su ignorancia, me los contaste, no lo olvides. Por último, no podía haber, entre Electra y tú, ningún otro tipo de entendimiento y dudo que puedas enamorarte por mera atracción física; dijiste que el amor entra por los ojos y se sostiene y acrecienta merced al intercambio de conceptos inteligentes, sensibles/

Uf.

El resto fue una plática amigable donde cada uno evitó caer en errores; volvíamos a mostrarnos agradables y simpáticos, como si fuera la reconciliación. Tantadel quedó en volver a hablarme al cabo de una semana; iba a un congreso de historia, a uno de esos actos que le fascinaban porque se prestan a la exhibición y a conocer "personalidades". Te llevaste mi bendición y mis mejores augurios para la ponencia que leerías y, como de costumbre, me dejaste un amargo sabor de boca, igual que si hubiera fumado mucho. Tantadel debió ser mujer de relaciones públicas, nunca he visto a nadie que requiera más del contacto social para vivir: en soledad moriría de tristeza. Hasta la semana entrante, Tantadel.

VII

Una tarde en el Parque Hundido.

Tantadel y yo mirábamos las reproducciones de piezas prehispánicas.

¿Sabías que este lugar se llama Luis G. Urbina?

Pero a juzgar por el *no* que pronunció, ni había mirado el letrero que lo indicaba ni le importaba. Encogió los hombros.

Todos le dicen Parque Hundido. La literatura actual también ha olvidado el nombre del poeta. Es más bonito Parque Hundido. Efectivamente lo está.

Sí, a unos cuantos metros bajo el nivel de la ciudad.

Ha ido sumiéndose lentamente por culpa del peso de los árboles y de los niños que vienen a jugar.

Tantadel acababa de prestarme un libro en correspondencia a varios que le regalé. Quedamos en compartir lecturas y este podría ser un paso. Era de Will Copy, un regalo de su ex marido. Una visión humorística sobre la historia, advirtió y me leyó unos párrafos sobre la terquedad de Aníbal en mantener elefantes dentro de su ejército. Y me puse a hojear la obra: descubrí una dedicatoria: Que cada sonrisa tuya sea para mí.

Los celos que siempre me acompañaban tratándose de ella brotaron convulsivamente ante la letra pequeña y nerviosa del que fuera su esposo. Cerré el libro. Si supiera dónde están tus sonrisas, manifesté soltando veneno, a quién se dirigen, qué las provoca.

Tantadel me abrazó con fuerza poniendo su cabeza en mi pecho. Mmmmm, enojón, me lo regalaron hace largo tiempo.

Seguimos caminando hasta llegar al audiorama: estaban tocando la sinfonía cuarenta de Mozart. Fue tema de *Les cousins*, ¿la viste? Excelente película, dije pensando en Brialy, en Gerard Blanche y en Chabrol para quitarme de encima el peso de la dedicatoria.

Nos sentamos en el pasto.

Quiero decirte algo, Elmer Gruñón.

Dímelo.

Nunca he pensado tener un hijo, no por ahora, ni siquiera con Fernando. Contigo me gustaría. . .

Olvidé el malestar y me sentí conmovido.

Sí, a mí también me gustaría tener un hijo contigo.

Pero en realidad no pensaba en el niño, es más, no me importaba la paternidad, pensaba en acercarme a ti Tantadel: un hijo nos hubiera unido definitivamente rompiendo el mito de mi esposa, las antiguas relaciones con ella. Nos hubiera dado valor. Y aparecieron las imágenes de una Tantadel embarazada, risueña. Vivíamos en un sitio diferente y poco conocido, sin recibir visitas, sin acordarnos del pasado. Sin pleitos. Incluso supuse que Tantadel acababa de aparecer y que nadie la conocía: juntos tendríamos amigos, inventaríamos nuestras genealogías, escogeríamos nuestras nacionalidades y nuestros estudios. . .

Tantadel rompió el sueño. El idiota y ramplón sueño.

Jaime te detesta. No sé qué le dijeron sobre ti.

¡Y a mí qué carajos me importa la aversión de un pobre diablo como Jaime!, exploté. También yo lo detesto, lo odio. No soporto los chantajes que te hace, sus presiones baratas. Si fuera inteligente y menos burdo, capaz de retenerte por otros medios, no amenazaría con suicidarse o tal vez lo haría sin notificarlo al mundo. Exacto, un chantaje fácil. Dale una pistola o barbitúricos, no importa lo que diga su siquiatra o lo que pienses tú, no se matará. Su angustiosa depresión es falsa. En realidad no es más que un muchachito agradable y con suerte: dinero en la familia, Tantadel contemplándolo, siquiatra creyendo en sus amenazas. Te están presionando para que vuelvas con él, a salvarlo de la muerte que lo acecha. Aunque hayas hablado con Jaime en un momento de audacia y le hayas planteado que me quieres, no está dispuesto a perderte y seguirá luchando por recuperarte; natural: con sus armas, que por lo visto te cautivan. Ojalá pudiera utilizarlas yo.

Tantadel no contestó. Los acordes de Mozart habían desaparecido y ahora vibraban los de Vivaldi. A unos cuantos pasos, un niño que contempló mis gesticulaciones y oyó mis gritos, me miraba inmóvil desde las alturas de su triciclo. Sentí que el ridículo me envolvía y hablé discretamente.

Déjalo por completo, Tantadel.

Pero yo no ofrecía algo a cambio. En ese momento, en esa tarde, debí explicarte la verdad por difícil que fuera, pedirte que viviéramos en un departamento amueblado mientras poníamos en orden nuestras situaciones para casarnos. La verdad se impondría a los trucos ingenuos de Jaime. Simplemente te invité a dejar el Parque Hundido.

Ahora que recuerdo aquel paseo vespertino y la manera en que concluyó, me pregunto si alguna vez transcurrió un día completo sin que chocáramos. Me gustaría marcar tu teléfono y recordarte la escena para que pensáramos si un hijo nos hubiera favorecido o si nos hubiera acarreado mayores trastornos. No lo haré. Además, Tantadel está fuera de la ciudad.

VIII

Cuando Tantadel volvió del histórico congreso me halló abatido, fastidiado; uno de esos momentos en que ignoraba mis deseos o, mejor, no los tenía; no podía leer: en vano buscaba algo atractivo; la cartelera cinematográfica me aburría y no tenía ganas de estar cerca de mis escasos amigos. Desde tiempo atrás quería seriamente convertirme en escritor, en novelista, dejar mis pequeños cuentos y entrar en un mundo más complicado, no para "comunicarme con mis semejantes", menos para "legar una obra a la humanidad", simplemente buscaba poner en claro mis ideas y organizar mi pasado o ciertos momentos de mi pasado; para saber por qué actué de tal o cual manera, para ordenar los apuntes que sobre Tantadel he ido redactando. ¿Hacer un libro, una novela? ¿Para quién? ¿Qué diría Tantadel, posiblemente mi solitaria lectora y crítica? ¿Advertiría diferencias entre yo personaje y yo ser común y corriente, enamorado conflictivo de la heroína, hallaría virtudes si confeccionara la obrita?

Puede decirme que yo siempre he pretendido

ser diferente, aunque en apariencia sea igual a cualquier joven de mi edad, y que siempre he caído en la trivialidad y ahora en una prosa desaliñada. ¿Acaso *Tantadel* tendría la fuerza suficiente para impresionar a Tantadel? ¿Le gustaría el escrito? Exigió demasiado de mis limitadas fuerzas intelectuales. Mis artículos o mis intentos de ensayo le parecieron simplezas o no les prestó gran atención. Y únicamente le gustó un cuentecillo, es posible que por las circunstancias que rodearon al regalo de papel escrito. [Por tu cumpleaños. Tantadel. No, no lo es. Cumplo en diciembre. En diciembre tal vez no estemos juntos. Esas bromas no me gustan. Bueno, olvídala, el caso es que escribí un pequeño cuento para ti, caja de sorpresas, mujer mágica, Tantadel-Pandora, para ti que amas la mitología clásica o que eres una curiosa irredimible, preguntona, Tantadel-Mito. Déjame leértelo. Y leí en voz alta: "La caja de Pandora", y después del título miré los ojos de Tantadel y continué de un hilo: Según una de las versiones oficiales la caja de Pandora, regalo de Júpiter, contenía todos los males que hoy afligen al mundo. Un curioso, de los que nunca faltan en cualquier mitología, la abrió y al hacerlo las calamidades que estaban encerradas escaparon, quedando, muy en el fondo, la esperanza. El hombre comenzó a conocer los sufrimientos y a vivir ilusionado: mañana me irá mejor, pronto sanaré, en breve el capitalismo será destruido... En otra, es la misma Pandora quien destapa la caja y de aquí proviene —cosa inverosímil— la fama de la curiosidad femenina. Pero no es así, de ningún modo. Cuando Epimeteo, hermano de Prometeo levantó la tapa de la famosa caja, que dicho sea de paso, no era tan pequeña como afirman los historiadores de cuestiones mitológicas (imagínate, Tantadel, el tamaño para que cupieran los males del mundo), salió todo excepto Pandora que permanecía dentro ocultándose del pobre diablo de Epimeteo. Y tenía razón para negarse: mientras que ella era hermosa gracias a Venus, persuasiva por un don de Mercurio, culta a causa de los favores de Apolo, etcétera, Epimeteo era necio, nada talentoso y feo (su único mérito y por el cual pasó a obtener un registro en la historia fue ser hermano del gran Prometeo). En vano Epimeteo esperó por Pandora, la insultó, la amenazó, le suplicó: nada: ella permanecía en la caja sintiéndose, como es natural, más protegida que en el exterior, en un seguro vientre materno fabricado con materiales divinos. Desde entonces, como dirían Borges o Reyes, todos los hombres son más descendientes de Epimeteo que de su hermano y están en espera de la mujer ideal, perfecta, como si la merecieran, pero es inútil: no llegará nunca.] Sí, dijiste me gusta, con cierto entusiasmo. A ello repuse soy como Epimeteo. Y tú cerraste, hablando como niñita, te he dicho que los papelitos de modestia no te quedan, suenan huecos. Pero en este caso, Tantadel, qué debo escribir. Cómo. Las palabras, las frases, los conceptos, las estructuras, todo está en la literatura que nos antecede. Qué debería hacer para darle originalidad a problemas amorosos prácticamente congénitos a la humanidad, que han existido desde siempre, que por miles de años han acompañado a la pareja. Sólo podemos parodiar lo parodiado. ¿Tiene sentido narrar una puesta de sol, un día lluvioso en la ciudad, la indignación de un hombre celoso? ¿O debería poner en prosa poética la forma en que se hunde el papel higiénico que utilizó el "ser amado" en el excusado? Quién puede decirlo, quién lo sabe.

Tantadel habló —por teléfono— largamente de todas las *interesantísimas* eminencias que conoció en el encuentro y de las invitaciones que le hicieron para participar (aunque fuera sin ponencia) en reuniones parecidas para saber si los incas y los aztecas tuvieron contactos comerciales y culturales y si los españoles presenciaron sacrificios humanos o sólo se trataba de las visiones calenturientas de los cronistas de la Conquista. Casi colgué. ¿No te dabas cuenta de que las invitaciones surgían a causa de tu belleza, que entre vejestorios resaltabas todavía más, Tantadel? Su pregunta cómo estás y la forma en que la hizo lo impidieron. Regular. Medio aburrido.

Estás serio, preocupado.

No es nada, realmente nada sin solución.

De nuevo Tantadel y su dulzura inquietándose por mí, sin saber que ella provoca mis malestares. Si pudieras percatarte de por qué aparecen las dificultades entre nosotros. Sigues ciega, buscando el mal en otro sitio que no seas tú, fuera de tu cuerpo, fuera de tu mente. Te preocupas por mi salud y mi estado de ánimo de la misma manera que te preocupas por cuantas personas conoces. Lástima.

I: Imaginé estar a su lado. Una noche de alta temperatura: la fiebre me rodeaba y sólo dormía a ratos. Tantadel, desnuda, intentaba protegerme. Cuando yo abría los ojos encontraba su cara: ¿Te sientes mejor, te preparo algo de comer, deseas que llame al médico, a tus padres? No, no, no, gracias, respondía y volvía a caer en un tremendo sopor: de nuevo sueños, pesadillas inquietantes que me regresaban a la realidad y la realidad era

Tantadel junto a mí, esperando que descendiera la calentura, pasando la noche en vela.

Era sacrificada, podría decir abnegada, muy mexicana.

II: Imaginé estar a su lado. Una de las últimas veces que hicimos el amor ella concluyó y yo seguía abajo, irritado, sin ningún placer; sin embargo, moviéndose ágilmente se puso a mi disposición: el deseo renació y con ansiedad la poseí.

Y venían las inacabables pláticas de Tantadel sobre siquiatría: el sexo y la ternura se iban al carajo.

Yo (molestísimo): Qué debe hacer el artista para no ser juzgado por el científico como anormal, qué debe escribir el literato, Tantadel, para que los siquiatras no le digan que posee Edipo o que por alguna horrenda frustración infantil trata algunos temas. Sí, lo sé, Kafka, Baudelaire, Poe, Lovecraft y otros autores analizados a la luz del sicoanálisis producen resultados extraños, no dudo que interesantes, pero definitivamente alejados de la literatura, de la estética; entonces son paranoicos, sádicos y toda una gama de adjetivos froidianos; no creadores, no artistas. ¿Tiene sentido?, pregunté más irritado aún. No para mí. La literatura es adulta, su edad supera los dos mil años, mientras que la siquiatría gatea. Freud fue posterior a Dostoyevsky: éste no necesito del primero, fue a la inversa.

Tantadel replicaba diciendo que eran argucias poco serias. Y en ocasiones se exaltaba.

Tantadel: Tú crees que la literatura es la salvación de la humanidad, hablas de ella como la panacea de los males del mundo. La literatura ha podido conservarse gracias a unos cuantos en cada siglo, gracias a una élite, la gran mayoría de los seres humanos han vivido, viven, al margen de *tus bellas letras*. El mundo actual, poblado de hambrientos, podría prescindir de las novelas, de los cuentos, de los poemas, pero jamás prescindirán de las vulgaridades llamadas alimentos. Para el campesino de Guerrero o de Tlaxcala es más importante un taco que las obras completas de Cervantes o de Moliere, ¿o no? Cómo leer a Tolstoi o escuchar a Beethoven cuando no se ha comido en días.

Yo (bajando el tono): De acuerdo, Tantadel, estoy conciente del papel de la literatura: es menos complicado cambiarla que transformar un país. Para lo primero basta un hombre, lo segundo requiere un pueblo.

Suficiente.

No me engañas, algo te preocupa, te conozco, insistió Tantadel. Forcejeamos unos segundos, luego...

Luego accedí a sus presiones. Hace dos días supe que mi esposa tiene relaciones con un compañero suyo. Me lo contó una amiga común. Ester. No tenía razón para mentirme. Es probable que sea cierto. Yo entiendo, la distancia, la soledad, mis pésimos antecedentes/

tantadel se desconcertó como nunca antes con una noticia; no era capaz de digerirla de inmediato

Mientras hablaba, las imágenes se proyectaron en una especie de pantalla. Estábamos bebiendo (unos amigos y yo) y alguien tuvo la ocurrencia de telefonearle a Ester. En veinte minutos le abrimos la puerta y rápido se incorporó a la juerga, es decir, bebió con celeridad. La noté rara, no le di importancia; después recordaría que un compañero dijo: A Ester le gustas, no logra ocultarlo. También recordaría que si yo le gustaba no era menos exacto que tenía admiración servil por su novio. Me constaba. Varias horas después y varias botellas liquidadas, Ester y yo quedamos juntos, al margen del resto que discutía si Rulfo era superior a Revueltas o algo por el estilo. Realmente me simpatizaba aquella mujer regordeta. Conversamos un rato, con la lentitud que proporciona la abundancia de alcohol, y le expliqué burlón, arrastrando las palabras: Sabías que mi esposa y tu novio se reúnen con frecuencia.

Me alegra que te dieras cuenta, repuso Ester con mucha frialdad, cortante.

Su respuesta me descontroló. Sentí un golpe en el estómago, Fingiendo indiferencia comencé a hablar (¡no podía hacer otra cosa que defenderme: yo no sería engañado, la reputación de mi esposa que se fuera a la chingada!):

Claro, es normal, lleva mucho tiempo sola, tiene que distraerse, Nueva York es una ciudad difícil.

Es que no te das cuenta. Salen, andan juntos. Por favor.

La rudeza de Ester me sobresaltó y me puse en guardia (entonces era cierto).

El sexo es fuerte, comprende, ¿tú no te has acostado con otros?

En el fondo sentí que los papeles no correspondían a la obra y que bien podrían ser interpretados a la inversa: mi mujer no había hecho el amor con nadie, Ester sí. Guardé silencio, acobardado por lo insólito, por lo grotesco.

Ester prosiguió con denuedo.

¡Los vi bailar, besarse, manosearse, antes que yo dejara Nueva York!

Debí defender a mi esposa, debí decirle que era una calumnia; que no podía ser cierto, un invento, únicamente existe en tu mente enferma, pero volví a protegerme.

Bueno, estamos a mano, yo también la he engañado muchas veces; además no importa: estoy enamorado de otra mujer (y pensé en ti, Tantadel, ¿podrías ayudarme como cuando mi foto te sostuvo durante la entrevista con Jaime?) y casi vivo con ella.

Ester se mostró satisfecha. Y yo me sentí un perfecto miserable, ¡cuánta bajeza puede tener uno! Continué bebiendo, ahora desesperadamente, tratando de no recordar la acusación. Le pedí a uno de los muchachos que se acostara con Ester; el idiota fracasó y nada más estuvo acariciándola.

Al día siguiente, Tantadel, hablé con mi suegra y la puse al tanto: no quería que se sorprendiera en caso de llegar al divorcio y pensé muchas cosas, en la razón del engaño, en la separación, en ti; até cabos y sí coincidían los cargos de Ester con algunos actos de la vida de mi mujer. Decidí escribir para decirle que el matrimonio estaba deteriorado a causa de su infidelidad; ¡cómo si yo fuera un modelo de marido!; luego corregí mi actitud y envié otra carta: dime la verdad, suplicaba, nada más quiero saber si fuiste a la cama con x. No me importa el engaño (taché la palabra traición, es demasiado cursi o muy fuerte, según); me importa preservar los años de compañerismo/

Como amiga, novia, amante y esposa has sido maravillosa/ Tanto derecho tienes tú a andar con otros, como lo he tenido yo, separados por las circunstancias y asistidos por deseos y necesidades de orden fisiológico o de índole espiritual/ Debo saber si piensas continuar con él/

Cuando puse la carta (entrega inmediata) en el correo me sentí liberal y de criterio amplísimo, Tantadel; pero esto no lo sabrás, no puedo decírtelo; ello sí pondría en evidencia no mi juego, como le llamas, sino la verdadera esencia de quien ha intentado crear una vida más atractiva que la diaria.

(Llegó a la oficina postal, y al pedir que pesaran la carta notó que no había puesto la dirección. La recogió y pensó en ella largo rato y al fin se decidió por una; también escribió el remitente: la casa de sus padres, la suya, y con pasos lentos, luego de pagar los timbres para Estados Unidos, fue a la ventanilla de certificación: no se expondría a perder la misiva, tan importante para él.)

Espero la respuesta, le expliqué a Tantadel contestando sus preguntas. Creo que no fui engañado por desamor hacia mí, creo que fue un simple deseo, pero en tal caso el proceso de corrupción matrimonial ha comenzado. Probable-

117

mente se enamoró, entonces la pareja cruje, está por derrumbarse. No debí dejarla sola tanto tiempo.

Tantadel inició una bonita serie de consejos. Antes se puso su bata blanca, su equipo angelical (alas, aureola) y provista de los datos fragmentarios e insuficientes que yo le brindaba, que iba armando sobre la marcha, trató de evitarme el suicidio, salvar la felicidad de un matrimonio y demostrarme —paralelamente— cuán abierto y generoso era su espíritu, capaz de tremendos sacrificios con tal de beneficiar al hombre amado (y aquí entra un vals de Chopin en versión de Iturbi). En suma, me pedía tranquilidad, calma. Sin embargo, había un leve matiz de sorna en sus palabras, como si me reclamara: Ah, esa es la perfección de tu esposa; mil veces me comparaste con ella y siempre salí perdiendo yo, la divorciada, la que ha vivido con varios hombres, la que no pudo amoldarse a ti, la saturada de defectos. Lo comprendí claramente y sentí el peso de la infidelidad de una manera no manifestada antes: ¿por qué lo hiciste, por qué?, le grité a mi mujer. Y las lágrimas casi brotaron, de rabia, de impotencia, de dolor. Tantadel ahora podía justificarse y yo me hallaba en postura ridícula: no me atrevía a divorciarme de doña Perfecta para casarme con

Imperfecta; me equivoqué al suponer a mi esposa poseedora de la fidelidad más absoluta, mejor dicho, no debí crear una mujer espléndida, magnífica, lo entiendo hasta hoy, debí hacerla humana, con fallas y debilidades: de esta manera el engaño me hubiera sido menos gravoso.

Pero mi desesperación iba dirigida contra el único ser tangible, de carne y hueso, contra Tantadel. Para qué le conté la deslealtad de mi mujer, para qué. De nuevo apareció la aversión por Tantadel; por ello, días después, cuando me habló para preguntar por mi estado, le dije que me había acostado con Ester para cobrarme sus confesiones. Es la forma de eliminar dos pájaros de un tiro, expliqué con inmenso cinismo, por un lado me desquito de mi esposa, por el otro tomo venganza de Ester y del novio.

Tantadel..., Ester teme quedar embarazada, fue durante su periodo de fertilidad.

Pues si queda, espero que sabrás resolver el *problemita*, se apresuró a hablar Tantadel, como temiendo que mi historia con Ester entrara en las intimidades. Imaginé sus facciones endurecidas que no correspondían a una voz que intentaba pasar por mundana y de amplio criterio. Me preguntaba qué pretenderá con tales actitudes. Vivimos una situación insana, cómica, sadomasoquista-telefónica: no pasan tres o cuatro días sin que nos hablemos; y es para agredirnos, dañarnos con cuentos malignos, con poses de obvia falsedad. ¿Seguiremos hasta llegar a consecuencias extremas? Si tan sólo uno se atreviera a dar el primer paso: te quiero, deseo volver contigo, no soy casado, nunca lo fui, o, en todo caso, me divorciaré; te quiero, deseo volver contigo, no me importa que seas casado, o, en todo caso, no importa que hayas mentido. Pero no. Yo continuaba haciéndole al doctor Jekyll y Mr. Hyde, tratando de vivir dos personalidades. Tantadel, por su parte, resumía en los siguientes puntos su actitud, no lejana de la posición de Electra:

a) Busca a tu mujer,
b) investiga la verdad sobre lo dicho por Ester,
c) conviértete en padre y
d) no te prostituyas.

Gracias, Tantadel, tus conocimientos sobre el género humano me serán útiles. Efectivamente, debiste estudiar siquiatría para resolver los miles de problemas que cada hombre lleva a cuestas.

IX

IMAGINÉ un sueño en el que Tantadel volvía a estar radiante, feliz, como era antes de conocerme: estaba embarazada. Hablábamos del pasado (vuelve conmigo, imploraba yo sin perder dignidad, te necesito): ella me quiso muchísimo, lo recordaba con cariño, gozosa, lo declaraba sin ambages, pero ahora estaba libre, desencadenada y de nuevo sujeta a Jaime. Intenté convencerla de su error: no tengas al niño, te dañará, significa una traición, con hijos dejarás de ser Tantadel, al menos la Tantadel que concibo... Asegúrate de que te entiendes con él. Mis argumentos carecían de fuerza, ya no ejercía ningún control sobre Tantadel (que tanto cambió —según confesó en una carta— para poder amarme). No me quería más, quería mi recuerdo, gracias a mí, pasando por mí, sufriéndome, encontró un camino adecuado y lógico para conducir su vida. Yo tenía ganas de soltar un llanto largo, doloroso. La desesperación era tremenda y aumentaba hasta ser insoportable en dirección opuesta a su regocijo de futura madre: desperté angustiado, atrapado tras

121

gruesas gotas de sudor. Entonces fijé la mente en mi esposa: ¿su amor podría liberarme del de Tantadel?, me estuve preguntando largo tiempo, pensando en ambas; por fin la fatiga me hizo dormir, dormir profunda, pesadamente, como narcotizado, dispuesto a soñar sin verme obligado a imaginar sueños.

X

TANTADEL despertó sacudida por el teléfono. Al principio supuso que era el despertador. Miró un borroso aparato azul que sonaba insistentemente. La forma en que penetraban los rayos solares por una ventana sin cortinas le indicó una hora aproximada. Las muñecas, desde su pared, contemplaban las maniobras de Tantadel para despojarse de las cobijas y alcanzar la bocina. Sí, sí, bueno ———— Hola ————— Claro, dormí bien ———————— Ah, sales de México ——————— ¿Cuándo? ——— Me parece lo más adecuado, tienes que enfrentarte al problema, de otra manera seguirás dudando.

Le expliqué que las cartas eran un recurso insuficiente, lo mismo que el teléfono, para resolver las dificultades recién surgidas entre mi esposa y yo, para aclarar nuestra situación. Estaré cinco o seis días fuera, tengo trabajo aquí.

Suerte, mucha suerte (me deseó como si fuera torero o algo similar) y no dejes de comunicarte conmigo a tu regreso (añadió aparentando vivo interés por mi destino).

En realidad no parecías muy interesada en mi viaje. Tal vez estabas harta de ser consejera sentimental de personas conflictivas. No. Imposible: Tantadel era lo suficientemente audaz (o necia) para aclarar cualquier cosa, desfacer los entuertos del prójimo. No sería capaz de cerrar la puerta. Si me escuchaba aún, si me pedía que la mantuviera al tanto de mi vida, significaba, sin equívocos, que su interés por mí seguía existiendo, sólo que era distinto.

A los siete días llamé a Tantadel; no estaba. Por la noche insistí; tampoco. Las conjeturas sobre su paradero no eran generosas con ella: la imaginaba en una fiesta o con sus amigos o con Jaime, sonriendo, participando de bromas pesadas, soeces; lograba visualizarla remarcando sus defectos. (Por qué temerle a Jaime o a las amistades de Tantadel o sus mismos pretendientes, acaso no era como desconfiar de mí mismo, dudar de mi capacidad para retenerla, razoné como personaje de telenovela interrumpiendo mis pensamientos sobre dónde podría estar; y lamenté que no hubiera otra forma de hacerlo.) Todavía volví a marcar su número después de las doce. Habría que aguardar. ¿O me quedaba otra solución? Sí, plantarme frente a su puerta y ahí acechar su retorno; carajo, eso estaba peor.

Temprano, al día siguiente, llamé, es decir, probé suerte. Mientras aguardaba a que respondiera me asaltó un temor: ¿y si está con alguien, uno que durmió con ella? Pudo haberse enamorado: yo no la inmunicé. ¿Cuánto he pasado sin verla? Sólo telefonemas. Tantadel sigue sin contestar y yo la supongo besando a un tipo, a él no lo conozco, vamos, ni siquiera le veo la cara, nada más está Tantadel con los ojos cerrados y sus manos entre el pelo del hombre, como me lo acariciaba a mí. No puede estar con alguien, me defendí; ella dijo que después de amarme tardaría en amar; pero sí, sí es posible que vuelva a enamorarse, yo lo hice, pensé triunfalmente en Electra. En realidad Tantadel fue más extensa: explicó con varias frases que al concluir una relación no acostumbraba ligarse en otra. Dejaba correr el tiempo, meses incluso/ ¡Por fin! Hola. Al identificar mi voz se desconcertó ——————————— Ayer en la noche, quise sorprenderte, sólo que era tarde, mentí. Oh, qué lástima, aquí estuve desde temprano, estudiando, mintió. Y yo acepté que Tantadel estuvo en su casa y se durmió a buena hora. Aparecieron las formalidades, saludos y preguntas. Te puse una postal, ¿la recibiste? ——————————— Bueno, no tardará en llegar. Yo estaba ansioso por narrarle mi experiencia neo-

125

yorkina. Ella estaba ansiosa por escuchar el relato del encuentro con mi mujer. Y principié para satisfacer la curiosidad morbosa de Tantadel.

Lo que ocurrió en Nueva York, según yo.

Al descender del avión hallé frialdad en mi esposa; yo transitaba por un estado semejante. Nos abrazamos falsificando el gozo. Abordamos un taxi y ella dio las indicaciones al chofer. Después de muchos meses, después de Tantadel, veía a mi mujer; francamente me parecía una extraña, sus facciones son las mismas, no cabe duda; está más pálida y no recuerdo haberte visto antes ese lunar (lo señalé con la mano enguantada); no me atrevía a decirle las cosas que había pensado durante el vuelo o aún en el aeropuerto mexicano, donde me hubiera gustado que Tantadel me despidiera. Nueva York estaba más gris, tal vez por el cielo cubierto de nubes. Había un poco de neblina. Del Kennedy nos dirigimos a un departamentito en pleno Manhattan, en la 58, no lejos del Central Park. En los minutos del trayecto no hablamos de cuestiones importantes, lo de siempre: el clima, los estudios, noticias de amigos y familiares, mis padres están bien (te mandan saludos), igual que los tuyos (aquí hay una carta de tu mamá),

¿has ido al cine, al teatro, alguna exposición de interés? Había que acostumbrarse a estar juntos nuevamente: resultábamos extraños. Ella me contó sobre su vida en los Estados Unidos, yo lo que hacía en la Ciudad de México.

Estuve en Washington.

Eso me hizo recordar a Ester: habló de un viaje que efectuaron unos mexicanos a la capital norteamericana: iba su novio, el presunto amante de mi esposa. Y Ester no tenía por qué incurrir en falsedades: la conversación tuvo por escenario un hotelucho.

Marginé tales pensamientos en la medida en que las horas transcurrían y recuperábamos la confianza: volvíamos a ser la pareja de meses atrás. Al segundo día me di cuenta de que estaba olvidando a Tantadel, de que su imagen se alejaba, se desvanecía. Era una bonita mañana: despejada, un poco de viento frío. Se me ocurrió (y mi mujer dijo sí) que recorriéramos las calles sin detenernos, caminar, caminar. La apresuré: continuaba peinándose: Recuerda, no tengo mucho tiempo, expliqué gritando para que me escuchara en el baño. El radio puntualizaba que el ex Beatle John Lennon tenía que abandonar Estados Unidos mientras que su compañera Yoko podría quedarse, luego vino una curiosa versión del conflicto árabe-israelí: bah, los medios de difusión enajenando enajenados yanquis. Naturalmente, en seguida el departamento se inundó con las simpáticas notas de un anuncio de Coca-cola, algo así como que todo mundo la bebe, cosa más o menos exacta. El cartero impidió que continuara descifrando noticias y comerciales. Recibí un cobro; el origen era desconcertante: provenía de un sanatorio: hablaba de maternidad frustrada, de un niño...: ¡claro, un aborto!, relampagueó la palabra y cuando apareció mi esposa en la salita le mostré la carta. Tardó más de lo necesario en leerla, la tuvo largo rato en sus manos; yo esperaba el sonido de su voz. No aparecía. El radio decía algo ininteligible. Escucha —intervine queriendo ser irónico y sin pasar de la amargura o de la decepción—, creo saber de qué se trata: son los resultados de tu ida a Washington. Aborte hoy y pague después. Matacigüeñas and Company. Inaudito, tantos años de casada y vienes a embarazarte con el primer voluntario a sustituirme. Hablé largo rato sobre las acusaciones de Ester y su veracidad, sobre el terrible engaño que había cometido sobre mi inocente persona. Finalmente irrumpió la indignación, se hizo visible y dejé el departamento. Caminé imaginando a mi mujer en un blanco y limpio consultorio médico. Todo encajaba perfectamente. Lo mejor sería regresar a México, a buscar a Tantadel.

Cuando volví, mi esposa no estaba. Sobre la mesa del comedor, muy visible, había un recado: Estoy asombrada, no sé qué hacer, para ti debe ser claro, el viaje, la chismosa de Ester, la cuenta del hospital a mi nombre. Es una coincidencia notable, te lo aseguro. Conozco el origen de las cosas, iré al sanatorio ése y luego a buscar a unas compañeras. No te dije nada porque ya sabes que con facilidad lloro. Te amo.

Pero qué aclarar. Nada era oscuro. A las seis salí a comer una hamburguesa. De nuevo caminé y antes de las diez el frío me obligó a regresar al departamento. Me sentía un poco mejor y definitivamente convencido de que debía divorciarme: el alejamiento resultó un fracaso: ambos buscamos otras personas.

Había luz en las ventanas. Subí. Ella estaba acostada y tal vez dormida; preferí quedarme en un sillón; me acomodaba cuando vi que sobre la mesa había otro recado, redactado menos nerviosamente: Te resultará increíble —decía la nota—, pero una conocida, una muchacha mexicana que vino a Nueva York a perder su virginidad y que estuvo en la casa en una reunión se embarazó y para evitarse problemas la muy imbécil dio mi nombre y dirección. La buscaré y le exigiré que te explique todo. Tienes que creerlo (en esta parte pude escuchar su voz, como en las películas), no hay nada entre el novio de Ester y yo, únicamente me he acostado contigo.

Lo demás no era importante, en ese momento, desde luego: hablaba del cariño que me tenía, que podía permanecer largo tiempo sin requerir del sexo, etcétera, etcétera.

El panorama era confuso, por un lado creía en ella, por el otro las pruebas eran suficientemente obvias para suponerla inocente. No quise erigirme en juez.

Al día siguiente fuimos a desayunar y luego a diversos museos. Hablábamos poco, pero dejé claro que regresaría a México y allí aguardaría por la prometida aclaración. Pensaba en Tantadel, y estuve a punto de contarle nuestros amoríos y de justificar los suyos: No te preocupes, no, mejor de manera distinta: Ni remedio, si tuviste que ver con fulano es normal; yo, por ejemplo, permanecí junto a una mujer más de treinta días. Y hablar de Tantadel. Me contuvo la posibilidad de que en efecto, y como sucede en los argumentos fáciles, la acusada resultara absuelta. Seguía confuso, debo reconocerlo y en verdad se me ocurría cualquier cosa menos tomar una decisión seria. Me sentí desvalido al pensar que yo mismo me había cerrado la posibilidad de reanudar el amasiato con Tantadel. Volvía a reconstruir nuestras pugnas y la aversión por ella resucitaba. Ahora, si me divorciaba y le pedía matrimonio a Tantadel... Puedo quedarme como el perro de las dos tortas...

¿Sabes, Tantadel?, en el avión de regreso recordé mucho la visita que hicimos a casa de Frida Kahlo. Supongo que la asociación parte de cuadros suyos que vi en el Museo de Arte Moderno. Aquella vez te dije que compráramos Coyoacán y no aceptaste. Al menos recorrámoslo en cuanto salgamos de aquí y luego vayamos a San Ángel a ver las casonas coloniales que serán expropiadas cuando llegue la revolución. Las haremos museos y galerías, se apresuró a intervenir Tantadel. Y las iglesias serán bibliotecas, añadí. Estupendo: ambos estuvimos de acuerdo. ¿Has visto una de esas mansiones por dentro?, preguntaste —————— Yo tampoco, deben ser magníficas, aventuró Tantadel. Sí, las más bellas del mundo, esplendorosas, los ricos saben vivir. Nacionalista, me acusaste. Y caminamos hacia la casa que fuera de Trotsky intentando reconstruir la época en que el creador del Ejército Rojo la habitó, cuando Coyoacán era una zona alejada de la ciudad, un pueblo periférico. También recordé cuando me llevaste al Museo de Antropología. No quería, ir, me declaré mexicano descastado, amante de otras culturas, por último triunfaste y recorrimos sus salas, para que conozcas tus orígenes; nos abrimos paso: multitud de extranjeros lo cerraban: yanquis, alemanes, franceses. No veo compatriotas, a cambio escucho puros idiomas incivilizados, no oigo el claro sonido del castellano. Respondiste que los mexicanos eran como yo, que no valoraban sus posesiones, que ese museo era una de las pocas maravillas de nuestra horrenda capital y me explicabas para qué sirvieron las estelas y las vasijas. A lo que yo respondía alegando que de haber conocido el plástico, los mayas hubieran dejado una visión más completa de su mundo. Piénsalo, es indestructible, al revés del barro. Eres insoportable, malinchista, traidor. Y al salir del recinto, me encaminé sin titubeos ni zigzags hacia un carrito muy mexicano que ofrecía hot-dogs y Orange-crush; pedí varios, porque Tantadel debemos ayudar a que las industrias nacionales progresen, como la Ford o la General Electric. Reconstruyendo tales momentos, supe que a pesar de todo pasamos buenos momentos,

muy gratos.

¿Pero realmente te dije lo de mi esposa, que la embarazaron y abortó, realmente te conté que en el avión pensaba en ti? No estoy seguro.

132

Ahora que lo medito, que lo escribo, dudo. O supongo que todo es producto de la imaginación, de una imaginación desbordada o calenturienta, enfermiza.

Algo es cierto: no sé qué hacer con mi esposa, no sé qué hacer con Tantadel, cuánto quisiera poseer el amor de ambas: las dos serían una, se complementarían y yo tendría de una lo que le falta a la otra y viceversa; sólo que Tantadel es tangible, mi esposa es creada, artificial. Quisiera guardar silencio, he hablado muchísimo, estas líneas no reflejan ni la mitad de todas las frases que he pronunciado a causa de Tantadel, únicamente transcribí una parte. Hasta aquí dejaré mis reflexiones o la historia que he venido tratando de contar. Si Tantadel me hubiese dado mas tiempo, el tedio, el aburrimiento me harían olvidarla; la necesito, pienso en ella, me obsesiona, porque cortamos de tajo, cuando todavía no aparecían los síntomas del fastidio, cuando aún podíamos mostrar aspectos desconocidos, cuando había cosas por descubrir, secretos qué averiguar. Por eso vas conmigo, por eso piensas en mí, por eso me telefoneas, por eso te llamo. Y por todo ello me propuse escribir.

XI

Hoy HABLÓ Ignacio. Al principio no supe quién era y tuve que utilizar un truco para averiguarlo. Me invitaba a una fiesta. Lo interrogué: ¿Quiénes irán? Los de siempre, repuso. ¿Y quiénes son los de siempre? Bueno, Carlos, Brígida, Alberto..., los de siempre. ¿Quiénes? Pues Tantadel/ Ya sabía que era Nacho. Acepté ir a la reunión, me dio la dirección y conversamos sobre condiscípulos y por el estilo. Esperé a que llegara la noche y por enésima vez marqué el número de Tantadel. Felizmente te encuentro, dije en cuanto levantó la bocina. Son mis horarios habituales, protestó.

Quise bromear antes de hablarle seriamente. ...debo contarte que compré un perrito que me acompaña a todos lados...

Se me ocurrió que preguntaría si el animal era fino, si ya tenía nombre, que me diría estás loco. No. Haciendo gala de gran delicadeza pronunció tres palabras: qué pendejo eres.

Preferí hablar de Ignacio y su fiesta cuando en realidad tuve la necesidad de pendejearla también. Me parece que no iré; imagino que tus amistades siguen vetando mi amistad. No empecemos, contestó. Déjalas en paz. La verdad, Tantadel, es que acabo de recibir carta de mi esposa: en efecto: fue un error: tal como ella misma me previno: una conocida utilizó su nombre. Sí, qué mala onda de la tipeja ésa. También viene una nota de la propia muchacha donde se disculpa y explica las causas de la usurpación.

La voz de Tantadel cambió, perdió fuerza más bien, se hizo opaca, cansada: Te lo advertí, estuviste a punto de precipitar/

Exacto, Tantadel, ya sé que estoy a justo tiempo para rehacer mi matrimonio.

Por unos segundos nadie habló.

En estas semanas que no nos hemos visto —¡al fin me atrevía!—, mientras estabas absorta con tus amigos y con tu trabajo, he escrito de ti, de mi, sobre los dos.

Quiero que leas mi texto (no me atreví a calificarlo como novela o relato). Tantadel aceptó y yo le expliqué que pasaría a recogerla a su oficina, comemos y vamos a tu departamento. No tardaremos, es algo reducido, cien cuartillas, poco más.

tantadel se asombra, ignoraba que yo hubiera escrito sobre ella, nunca lo manifesté, jamás, fue una necesidad y calculo que no volverá a mostrarse de tal forma imperiosa

135

Generosa: no me importa mucho la extensión, tenemos tiempo de sobra.

Hicimos lo convenido. Y de nuevo vi a Tantadel: estaba igual; injusto, más bonita, de apariencia firme. Le pregunté, discretamente, por sus antiguas relaciones, por sus nuevos pretendientes; con satisfacción escuché la respuesta que esperaba.

Llegamos a su departamento después de comer. Las monedas en el suelo, las muñecas en su pared, los libros desordenados, mis fotografías y algunas baratijas que le regalé. Uno de mis retratos estaba caído: al levantarlo releí la dedicatoria: Te quiero mucho y cada vez más, eres lo más bello que ha podido sucederme.

La conversación era nerviosa, rápida; yo tartamudeaba y constantemente decía éste, éste, éste; me sentía torpe, casi estúpido. Me hubiera gustado beber un par de copas. Tantadel no estaba mejor, no obstante mostraba más aplomo, para ella había pasado lo peor, o eso creía, pensé mientras abría el fólder negro que ostentaba un título: *Tantadel,* y más abajo, con letra de molde, cuidadosamente trazada, mi nombre y la fecha. Carraspeé y sin ninguna advertencia arranqué tratando de matizar la lectura:

Cómo iniciar la narración. Me prometí objetividad, más que eso: me exigí veracidad, contar las cosas tal como sucedieron, ser honesto, sobre todo hablar de los sentimientos y pasiones que movieron cada acto de mi relación con Tantadel...

Aprovechando un punto y aparte suspendí la lectura: miré los ojos brillantes de Tantadel dentro de un rostro azorado: estaban inmóviles, como los de sus muñecas, viéndome leer. Me oculté de nuevo entre las hojas escritas a máquina y continué, ahora más de prisa, sin detenerme para llegar pronto a esta última cuartilla y así poder enfrentarme a una Tantadel distinta.

Habían pasado unas horas desde la llamada de Ignacio y faltaban segundos para telefonearle a Tantadel (decir que mi esposa nunca me traicionó, fue una confusión, concertar una cita: deseo que escuches lo que he escrito; se asombrará, estoy seguro, y tal vez la recupere).

...marqué el número de Tantadel. Felizmente te encuentro, dije en cuanto levantó la bocina...

París, 1973.
Ciudad de México, 1974.

137

ÍNDICE

Este libro se terminó de imprimir y encuadernar en el mes de mayo de 1996 en Impresora y Encuadernadora Progreso, S. A. de C. V. (IEPSA), Calz. de San Lorenzo, 244; 09830 México, D. F. Se tiraron 2 000 ejemplares.